青に沈む君にこの光を

汐見夏衛　春田陽菜　夏代 灯　夜瀬ちる

JN031873

スターツ出版株式会社

本書は10代限定で実施された「第2回 きみの物語が、誰かを変える。小説大賞」の短編賞における受賞3作品それぞれに一部加筆修正を加えたもの、そして同小説大賞の特別審査員であった汐見夏衛による書き下ろし短編小説を収録したものです。

どこにいても、何をしていても、いつもどこか息苦しい
――そんな自分のことが大嫌いだった。

目次

青に沈む君にこの光を

泡沫の日々を紡いで

春田陽菜

どこにいても、なにをしていても、いつもどこか息苦しい。

——こんな自分のことが大嫌いだ。

いつか、こんな自分を愛しく思える日が来るのだろうか。


「明日花《あすか》ちゃん。今日もありがとうね」

「いいえ、大したことありません」

私は桑島《くわしま》くんの家の玄関先で何度も会釈し、わざとらしくならない程度に、柔らかい声色を使う。

クラスメイトであり、不登校の桑島くんに学校の配布物を届けるのは私の日課となっていた。私は桑島くんのお母さんに配布物が入った封筒を渡す。

「桑島くん、なにかあったんですか？」

「うーん……。いつもはぐらかされて、答えてくれないのよね」

「そうですか……」

桑島くんはある日を境に、急に学校を休むようになってしまった。

いつも明るくてクラスの中心にいるような人だったから、不登校になるなんてきっと誰も思ってなかった。

もしかしたら、その先入観が桑島くんを苦しめていたのかもしれない。

桑島くんと隣の席の私は、桑島くんが最後に学校に来た日をよく覚えている。

いちばん近くにいたのになにも気づかず、なにもできなかったことが悔しかった。

もし、あの日に戻れるなら、私はどんな言葉をかけてあげられるだろうか。

「桑島くんが学校に来る日を待ってます」

「ありがとう……紡《つむぐ》に伝えておくわ」

私は深くお辞儀をして、その場を立ち去った。

もっと伝えたいことがあったはずだけど、うまく言葉にできなかった。

通学路である海沿いの道を歩きながら、在りし日の桑島くんを思い浮かべていた。

細身な体型に、少し焼けた肌。くせ毛が特徴的で、無造作な毛先がクワガタの角のようだと、クラスメイトたちの笑いのツボとなっていた。

よくも悪くも自由で、底抜けに明るい性格がみんなから愛されていた。

一年生のときは違うクラスだったけど、なにかと目立っていたので、桑島くんの存在は知っていた。たくさんの友達がいるけど、特定のグループには属していない。その場で話したいと思った人、気が合うと思った人と一緒に過ごしている。文化祭や体育祭ではしゃぎすぎて先生から怒られていたけれど、なににも縛られずに友達と楽しんでいる姿が眩《まぶ》しかった。

行動が掴《つか》めなくて、少しでも目を離すとすぐにいなくなってしまう。

いつしか、そんな桑島くんを目で追うようになっていた。

桑島くんが最後に学校に来たのは、高校二年生になって間もない四月中旬。その日は委員会などの係を決めた日だった。

偶然、桑島くんと同じ図書委員になった私は、放課後、一緒に委員会会議に参加した。

桑島くんは気兼ねなく話しかけてくれるから、私も話しやすい。

同じ委員のペアが桑島くんでよかったと思った。

「じゃあ俺、職員室に用あるから」

委員会会議が終わり、やたらと重そうなリュックを背負いながら桑島くんはそう言った。片手には学級日誌を持っていたので、用事は安易に予想できた。

「そっか。じゃあ、また明日」

「バイバイ！」

桑島くんは元気よく手を振り、私に背を向けて歩き出した。

今、桑島くんはどんな表情をしているんだろう。

ふと、そんなふうに思ったのは、桑島くんの背中が少し寂しそうに見えたから。

突然、どこかへ消えてしまいそうなそんな寂しさ。

桑島くんがひとりでいる姿を見慣れていないだけだと思ったが、私が感じた違和感は間違っていなかった。

その日を境に桑島くんは学校に来なくなった。

「また明日」という言葉は桑島くんに受け取ってもらえなかった。

それから一ヶ月が経《た》っても、桑島くんが学校に来ることはなかった。

桑島くんのいない教室は静かで、どこか物足りなかった。

桑島くんが最後に書いた学級日誌には、『今日はなんでもないような一日でした。でも、必要な一日だと思いました』とあった。

何度も読み返したけれど、この短い文章から桑島くんの意図を読み取るのは難しかった。

「あ、やばっ」

ふと腕時計に目をやると、夕方五時を過ぎていた。もうスーパーのタイムセールが始まっている。早く材料を買って帰らないと、お父さんが仕事から帰ってきてしまう。

うちは父子家庭だから、料理や洗濯などの家事は私が担っている。

物心ついたときにはもう、私には〝お母さん〟という存在がいなかった。

もともと身体の弱かった私のお母さんは、病気で亡くなってしまったらしい。

お母さんの命日は知らないけど、私は毎日仏壇に手を合わせている。

お母さんの顔は写真で見た記憶しかないけど、自然で柔らかい笑顔が多くて、とてもきれいだと思った。

なぜか、お父さんはお母さんの話をしたがらない。でも、定期的に仏壇に赤いカーネーションをお供えしているし、いつも左手の薬指に指輪をつけている。言葉にはせずとも、今でもお母さんを大切に想っている証拠だ。

お母さんの死には、なにか複雑な理由があるのだと予想しているけど、それを聞く勇気はない。

知らないほうがいいことだってあると思うから。

私は自分が傷つくことが怖い。

今さらお母さんがいなくて寂しいとか、よそと違って大変だなんて思わないし。

あれこれと考えるのはやめ、私はスーパーまで駆け出した。

「明日花ちゃん。今日はカレーかい？　ずいぶんと具の少ないカレーだねぇ」

夕食の材料をそろえ、お会計をしているとき、レジの川上《かわかみ》さんに声をかけられた。

川上さんは昔からこのスーパーで働いている中年の女性従業員で、私とは顔見知りだ。

「川上さん、違いますよ。昨日作った肉じゃがの残りを使ってカレーにするんですよ」

「若いのにすごいねぇ。明日花ちゃんは料理上手のいいお嫁さんになるよ」

嬉しいけれど、どう返していいか分からず、愛想笑いをする。

こんな会話はわりと日常的にある。

川上さんを含め、大人たちによく褒めてもらえるけど、私にとっては当たり前のことなのだ。

学校の先生や友達からは心優しい優等生という印象を持たれているが、本当の私は未熟で、弱くて、脆《もろ》い。

父子家庭であることを隠して、強がってなにも本音を言えずにいる自分自身にいつも虫酸《むしず》が走る。

家庭環境に恵まれて、充実した学校生活を送れる友達が心底羨《うらや》ましかった。

私には自分のために使える時間が少ない。

誰にも言えない負の感情を抱えながら過ごす学校生活に、いつしか居心地の悪さを覚えていた。〝学校〟という括《くく》りに縛られて、限りある集団の中で協調性を強いられることが息苦しい。

「明日花ちゃんのごはんをいつか食べてみたいねぇ」

穏やかな川上さんの声にふと、我に返る。

「そう言ってもらえて嬉しいです」

せっかく褒めてくれたのに、いつもお世辞として受け取ってしまう私は素直じゃないのかもしれない。

私がキッチンでカレーを煮込んでいると、玄関のドアがガチャッと開く音がした。きっと、お父さんが帰ってきたんだ。

お父さんはなにも言わず、リビングに入ってくる。ただいまくらい言えばいいのに。

「おかえり、先にごはん食べる？」

「ああ」

お父さんは相槌《あいづち》だけ打ち、仕事着から部屋着に着替えるために荷物を置き、自分の部屋へと向かった。

年々、お父さんとの会話が少なくなっている。もともと、話し手に回るような人ではないけど、昔はもっと会話を交わしていたはずだ。

唯一の会話の場である食卓も、空腹を満たすだけの場に変わりつつある。

本当は昔みたいに何気ないおしゃべりを楽しみたいけれど、疲弊したお父さんの表情から諦《あきら》めがつく。

「いただきます」

「いただきます」

食事中はもちろん、お父さんとの会話が弾むことはない。

テレビの音がこの空間をなんとか和ませている。

「学校、どうだ？」

「……普通だよ」

「そうか」

お父さんから定期的に聞かれる質問に深くは答えず、相槌を打つ。

聞いてくるわりにはあまり興味がなさそうに見える。

「なんかあったら、すぐ言えよ」

「うん」

「明日も遅くなるぞ」

「うん」

「腹減ったら先に食っていいからな」

「……分かった」

そんなこと言われなくても分かっている。

でも明日の私はきっと、どんなにお腹が減ってもなにも食べずにお父さんの帰りを待っているだろう。

昔、お父さんが「飯はふたりで食べたほうが美味《うま》いな」と言ってくれた。

お父さんはそんなこともう覚えてないだろうけど、その言葉が忘れられずに、私は今でもお父さんを待つのだ。

「ごちそうさま」

お父さんは私よりも食べるスピードが遥かに速い。

あっという間にたいらげてしまった。

「あっ……」

「ん？」

「……なんでもない。なに言うか忘れちゃった」

「そうか」

お父さんの視線はすでにテレビに向いていた。

本当はもっと他愛もない話をしたかった。

いつからか、言いたいことが言えなくなってしまった。

誰といても常に相手の顔色をうかがい、当たり障りのない言葉を並べる。

その場の雰囲気が悪くならないことが最優先だからだ。

お父さんが仕事で忙しいことは、帰ってきたときの顔を見れば分かる。

目の下にはクマができていて、疲労感が抜けていないように見える。

だから、どこに行きたい、あれが欲しい、これが食べたいといったワガママは必然的に言わなくなった。

本当はもっとかわいい服が欲しいとか、メイクに興味があるとか、憧れはそれなりにあるけど、それをお父さんに伝えるのは気が引ける。

お互い素直になれないから年々、溝が深くなってしまっているのだろう。

言葉足らずで無愛想で不器用な私のお父さん。

私が素直になれないところはきっと、お父さんに似ているのだ。

食後、皿洗いを終えたら、自分の部屋で学校の課題に取り組む。

高校一年生のときと比べたら量も多くなっているし、難しくなっている。分からないところはその日のうちに理解しないと、授業についていけない。

自分の将来のことを考えると不安になるけど、まずは目の前のことに集中しなければならない。

課題と明日の英語の小テストの勉強を終えたころにはもう夜十時を過ぎていた。

「明日花、そろそろ風呂入れよ」

「はい……」

ドア越しにお父さんが言う。

いつものようにお父さんがお湯を張ってくれたので、すぐに入ることにした。

私にモタモタしている時間はない。

お風呂から上がり、今日の分の洗濯機を回す。朝は洗濯物を干す時間がないので、夜のうちから乾燥機にタイマーをかけて乾かしているのだ。

そして、寝る前に明日の朝ごはんとお弁当に使うお米をとぐ。

これが一日の最低限の家事だ。

すべてをこなしたあと、ベッドに吸い込まれるように横になる。

「はぁ……」

一日の疲れがため息と共にどっと出る。

自由のない生活は息苦しい。

父子家庭だからしょうがないって分かっているけど、やっぱり辛い。

気を紛らせるように、私はスマホを手に取り、無料で小説が読めるアプリを開いた。

本屋に並べられている本もいいけれど、ネット上に無数にある独創的で自由に書かれたもののほうが好きだ。ありきたりなハッピーエンドや世間から評価されている物語がすべてとは限らないと思っている。ネット上にある小説はいつでも手軽に読めるから、自分好みのものを探すことが宝探しのようで楽しいのだ。

ここ最近でいちばん心に残ったのは、『はんぶんこ』という作品だ。この物語は、一卵性の双子が成長していく姿を描いている。同じ環境で育ち、同じ時間を過ごしていても、ひとりの人間として別々の道を歩んでいく。けんかもするけれど、お互いにかけがえのない存在であることを知っている、そんなふたりの物語。

『一度きりの人生だから、自分のために生きていいはずだ。でも、周りの人間も一度きりの人生であることを忘れてはいけない』

という言葉が心に残っている。

自分に与えられた命や人生は自分のためにあるようで、周りの人間の支えがあって存在しているのであり、自分だけのものではないということを教えてくれた。同時に、周りの人間に迷惑をかけてはいけないという現実を突きつけられているようにも思えた。

読み手によって捉え方が変わる言葉は、不思議な力を持っていると思う。

ネット上だから、作品はすべて匿名で公開されている。

顔も名前も知らない、誰かが創った物語。

『はんぶんこ』は、まるで私に向けて書かれているようで、心が救われた。

読書をしていると、不意に涙が頬を伝っているときがある。

「大丈夫」とか「頑張れ」とかそんなありふれた励ましの言葉じゃなくて、独自の感性で、著者なりの言い回しで、物語として伝えてくれる優しさが沁《し》みるから。

私がうまく言葉にできない気持ちを、複雑に絡まった糸を解くように表現している。

『君が笑えば僕が笑顔になるように、僕らはいつもはんぶんこだ。それが僕らの幸せの形なんだ』

今日はこの言葉をお守りにして、眠りについた。


『先に出るぞ』

朝、テーブルの上に置き手紙と一緒に、朝食とお弁当が置かれていた。

黒のボールペンで書かれたお父さんの不器用な文字。

「わざわざ書かなくても、分かってるよ……」

お父さんの朝は早い。

家族を支えるため、もとい私のために働いてくれているのだから、なにも言えない。

私はお父さんが作ってくれた朝食を残さず食べ、身支度を済ませた。

身支度といっても、洒落《しゃれ》たことはしない。制服に着替え、肩までの髪をひとつに結んだら、私のいつもの学校スタイルが完成する。

高校生になって、メイクをしたり、髪を巻いたりする子が増えた。

地味な私は、そういう子の横に並ぶのが恥ずかしく思うようになった。

自分のモチベーションアップのためだとか、好きな人に振り向いてもらうためだというまっすぐな気持ちで、自分磨きをしている女の子はみんなかわいい。

自分ができないからこそ羨ましさがあった。

まあ、私はただ学校に行くだけだから、そんなに気合いを入れる必要なんてないけど。

私は家の戸締まりをして、学校へと向かった。

通学路に海沿いの道があるのは、うちの高校の特権だ。億劫《おっくう》な一日の始まりを支えてくれるほどきれいな海を眺めながら、学校へと向かう。

今日も授業を受けて、桑島くんに配布物を届けて、帰ったら家事をこなす。

いつも通りのなんでもないような一日。

でも、なぜか息苦しい。

私はどうしたらいいんだろう……。

「姫野《ひめの》さーん？」

「え？」

どこからか声がして、辺りを見回すが、誰もいない。

気のせいかな……。

「姫野さーん！　上だよ、上！」

「上？」

見上げると、大木のてっぺんまで登った少年の姿があった。

あの細身でクワガタのような髪型は……。

「桑島くん!?」

「やっぱり、姫野さんだー！」

「桑島くん、そこ危ないよ！　ゆっくり下りてきて！」

なぜその木に登っているのかは置いといて、桑島くんの安全を確保しなければ。

私の声が届いたのか、桑島くんはゆっくりと下り始めた。

木にしがみつく姿がまるで本物のクワガタのようだ。

本人には決して言わないけれど。

「なんか、超久しぶりな感じ」

桑島くんは無事に地上に下り立ち、一ヶ月前と変わらない様子でそう言った。

「そうだね。……名前覚えててくれたんだ」

「覚えてるよ。だって、隣の席だし」

「一回も呼ばれたことなかったから……」

「そうだっけ？」

　桑島くんは首をポリポリとかいた。

　これは本当になんにも気にしてなさそうな表情だ。

「姫野さん、俺といると遅刻しちゃうよ。優等生が遅刻しちゃダメでしょ」

「桑島くんは学校行かないの？」

「うん。行かない」

　桑島くんはなんのためらいもなく答えた。

「そ、そっか」

「姫野さんは学校行かなくていいの？」

「……そうだよね。行かないと。またね、桑島くん」

　私は自分に言い聞かせるように言った。

　本当はまだ聞きたいことがたくさんあったけど、私は桑島くんと違って自分の気持ちに素直になれない。

　私は桑島くんに背を向けて歩き出した。

「姫野さん。本当は学校行きたくないんでしょ」

　数メートル先から聞こえたその言葉にピタリと立ち止まる。考えるよりも先に身体が反応してしまった。

「なんで？　そんなことないよ」

私は振り返り、動揺していることを悟られないように薄ら笑いを浮かべた。

「ふーん？　本当にそう思ってるの？」

私はなにも言えなかった。

本当かどうかなんて、私がいちばん分かっている。

「なんか、背中が寂しそうだったよ」

私の心を見透かしたような表情の桑島くんと目が合った。

その瞬間、私の心の中に抑えていた感情が溢れ出すような感覚に襲われた。

「行きたくない……」

気づけば、そう呟《つぶや》いていた。

本当はずっと誰かに言いたかったけど、誰にも言えなかった。

「じゃあ、優等生は本日までってことで」

桑島くんは私の手を取った。

「ちょっと待って、どこ行くの？」

「それは着いてからのお楽しみ！」

桑島くんに手を引かれ、気持ちの整理がつかないまま駆け出した。

今ならまだ引き返せる距離。

学校に行かなければならないと頭では分かっている。でも、通学路とは違う初めて通る道に心惹《ひ》かれている。

心の中で複雑な気持ちが揺らぐ。

あの日、桑島くんの背中が寂しそうに見えたのはきっと気のせいじゃなかった。

もしかしたら、桑島くんも誰にも言えない悩みを抱えていたのかな。

本当はずっと誰かに気づいてほしかったのかな。

でも、桑島くんのこの背中についていけば、まだ誰も知らないような世界にだって行ける気がした。

今日くらいはワガママな夢を見たい。

私は桑島くんの手を離さなかった。

着いたのは船が複数ある港だった。

「洋平《ようへい》おじさん！　この子も乗せてよ」

「んあ？」

フェリーになにやら荷物を詰めているおじさんが私たちをじっと見つめる。その視線の先はつながれた手元に向いているようだ。

「なんだ？　紡、彼女いたのか？」

「うん」

「えっ」

息をするように嘘《うそ》をついた桑島くんに驚き、別の意味で驚いたであろうおじさんと驚きの声が被る。

「しょうがねぇな……。ほら、早く乗れよ」

「ありがとう洋平おじさん！」

桑島くんはあどけない笑顔でそう答えた。

「ちょっと……どういうこと？」

「ごめんって。彼女って言ったら快く受け入れてくれると思ってさ。今日だけ俺の彼女になってよ」

こんな状況で断れないし、桑島くんも私が断れないことを踏んで言っている気がする。

「分かった……」

「洋平おじさん、優しいから大丈夫だよ。女の子には特に」

「その洋平おじさんと桑島くんってどういう関係なの？」

「親戚だよ。昔から俺のことかわいがってくれてるんだよね。俺が今、不登校だってことも知ってるよ」

だから、さっき学校のことについてなにも聞いてこなかったんだ。

私なんて制服着てるのに。

「あ、そろそろ出航だよ！」

「行き先はどこ？」

「だから、着いてからのお楽しみだって。そのほうがワクワクするでしょ？」

「そっか……そうだね」

笛の音を合図に船はゆっくりと進み始めた。

小さな船の中で、桑島くんと他愛もない話をして過ごした。

今日は雲ひとつない快晴というのもあって、船からの景色は美しく映えて見える。

もし今日来ていなかったら、空の青さと海の青さがまったく違う青であることにも気づけなかったかもしれない。

「着いた！　ここだよ」

二十分ほど経ったあと、どこか見覚えのある自然豊かな小さな島にたどり着いた。

洋平おじさんにお礼を言って船を降り、ひたすら桑島くんの背中についていく。

歩いていくうちに、眠っていた記憶がだんだんとよみがえってきた。

「ここって……」

「ここはアサギマダラの飛来地だよ。来たことない？」

「やっぱり！　私、ここでアサギマダラを見たことがあるよ」

アサギマダラは非常に長い距離を移動することから、〝渡り蝶〟や〝旅する蝶〟とも呼ばれている。最長で二五〇〇キロメートル移動したという記録がある。五、六月ごろになると、この島で羽を休めるのだ。

半透明の羽が神秘的で美しく、この島の名物的存在だ。

昔、お父さんとこの島へ来たことを思い出した。

まだ幼かった私は、アサギマダラを見つけてはしゃいでいた。そんな私の姿を見て、お父さんは笑っていた。

最近はお父さんと出かけることはなくなったし、笑顔も見なくなった。

いつまでも変わらずに美しいアサギマダラを見て、もう戻ることはできない日々に思いを馳《は》せる。

「久しぶりに来たよ。アサギマダラいるかな？」

「さっき、大木に登ってアサギマダラがいるか確かめてたんだ。今日、超天気いいし！　……なにも見えなかったけど」

「……でしょうね。もし、いなかったらどうするの？」

「いるって信じて来た！」

そんな一か八かで賭けて来るなんて、私には到底理解できない思考の持ち主だな……。

アサギマダラはあの場所から見えるような距離じゃないけど、大木に登っていたことにちゃんと理由があったんだ。

なにも考えずに行動しているイメージがあったから、変に安堵《あんど》する。

「でもほら、何匹かいるよ。せっかくだし、マーキング活動していこうよ」

「マーキング活動？」

「アサギマダラの羽に場所と日付と名前を書くんだ。アサギマダラは謎の多い生き物だから、その謎を解明するために始まった活動なんだよ。日本全国で行われてる生態調査なんだけど、アサギマダラがどうやってそんなに長い距離を移動しているのかはいまだに分かってないんだ」

桑島くんは説明しながら、アサギマダラを追いかけ、すぐに二匹を捕らえた。

「これ、姫野さんのアサギマダラね。蝶、触れる？」

「うん。触れるよ。ありがとう」

私は桑島くんが捕まえた片方のアサギマダラを受け取る。

「でも、勝手にマーキングしていいの？」

「大丈夫だよ！　許可は取ってあるし」

桑島くんは私の不安をかき消すような朗らかな声でそう言った。一体誰からどうやってそんな許可を取ったのだろうか……。

いつもどこか言葉足らずな気がするけど、桑島くんの言葉には不思議と安心感を覚えてしまう。桑島くんは早速、アサギマダラの羽にマーキングし始めた。

「俺たちがまだ行ったことがないような遥か彼方へ届くかもしれないって思うと、夢あるよな」

「そうだね」

桑島くんが持っていた油性ペンを借りて、優しい力で羽に書き込む。

桑島くんは最後にカタカナで『サチアレ』と書き足していた。

「誰かに見つけてもらえるといいね」

私もなにか一言添えようとしたけど、いい言葉が思いつかず、にこっと笑った顔を描いた。

私たちは羽にそれぞれの想いをのせ、アサギマダラを空に放った。

「あの二匹、仲良しだな」

「本当だ」

私たちがマーキングした二匹のアサギマダラはお互いを追いかけるように交差しな

がら飛んでいった。

「姫野さん、いつも配布物届けてくれてありがとう」

「ううん。大したことないよ」

「姫野さんはいつも頑張りすぎなんだよ。たまには羽を休めるのも大事だよ。このアサギマダラみたいにさ」

桑島くんはアサギマダラを見つめながら言う。

「……桑島くんは学校嫌い？」

「俺、勉強は嫌いだけど学校は好きだよ。友達はうるさいけどいい奴ばっかりだし。行かなくなったのはちょっと理由があって……」

珍しく桑島くんが口ごもる。私は問い詰めずに、桑島くんの言葉を待った。

「俺……学校やめようと思ってるんだよね」

「えっ!?」

「実は……俺の家、母子家庭でさ。母さんが毎日、俺のために働いてくれてるんだけど、やっぱり経済的に厳しくて」

私はあまりの衝撃にしばらく言葉が出なかった。まさか、桑島くんも片親育ちだったなんて。

「母さん……俺以上に痩せてるんだ。全部俺のためだって分かってるけど、母さんの苦しんでる姿をもう見たくなくてさ」

私はどんな表情をしたらいいのか分からなくなって、うつむく。

「学校やめたら、洋平おじさんのところで働こうと思ってるんだ。今は研修期間。仕事内容はそんな簡単じゃないけどね」

「桑島くんは本当にそれでいいの……？」

「……分からない。でも、こうするしかないって思ってる。これで経済的にも精神的にも母さんを支えられるから」

正反対だと思っていた桑島くんが片親という同じ悩みを抱えていたなんて、今日まで知らなかった。

「……分かるよ」

「え？」

「私も片親だから分かる。うちは父子家庭だから、私が親の役割を担うことがあってもしょうがないって思うの。でも、もしかしたら、私がいるせいでお父さんが苦しんでるんじゃないかって考えたこともあるよ」

桑島くんは私の話に驚きつつも共感するように何度も頷いていた。

「俺の両親はさ……俺が生まれてすぐ離婚したらしいんだ。もしかしたら、俺が生まれてくることを望んでなかったんじゃないかなって……」

そんなことないよ、なんて無責任に言えない。

他に適切な言葉がないか頭の中で必死に探す。

「俺たちが生まれてきた理由ってなんだろうな」

いつもと変わらない口調だけど、その声は哀しく聞こえた。

「俺、明日は学校に行くよ。短い間だけどさ、仲良くしてよ」

本当はなにか寄り添える言葉があったはずなのに、私は頷くことしかできなかった。


そのあとは、洋平おじさんとその奥さんが働いているという島の食堂でお昼ごはんをごちそうになり、午後は桑島くんが島の観光スポットを案内してくれた。

本来、桑島くんは研修期間なのだけれど、今日は特別にお休みにしてもらったらしい。桑島くんは「洋平おじさんって本当優しいよね」と繰り返し呟いていた。

桑島くんは顔が広く、島のほとんどの住民から顔と名前を覚えられていた。この島のアサギマダラの生態調査隊と昔から関わりがあるらしく、調査隊の隊長からのお墨付きで特別にマーキング許可を得ているらしい。桑島くんの人望の厚さに私は心底驚いた。

私は初めて会う人ばかりだったけど、自然豊かで美しい景色を見ることができて、冒険した気分だった。

あっという間に時は流れ、気づいたときには日が暮れ始めていた。

帰りの船も桑島くんの隣に座った。行きの船とは違い、肩が触れるくらいに近い距離。小波の揺れと暖かい潮風が心地よく、睡魔に襲われる。

「姫野さん……」

「ん？」

「今日、楽しかった……？」

「うん、楽しかったよ」

「よかった……」

桑島くんも眠いのか、柔らかくゆっくりとした話し方になっている。

案の定、私の肩に身を預けて眠ってしまった。

桑島くんは誰とでもこんなに距離が近いのだろうか……。

まあ、いいか。今日の私は桑島くんの彼女なんだし。

それに、あと何回桑島くんの隣に座れるか分からないんだから。

この貴重な時間を噛《か》みしめるように、黄昏《たそがれ》ていた。

翌日、桑島くんは本当に学校に来た。

「桑島だ！　桑島が学校に来たぞ！」

「まじかよ。超久しぶりじゃね？」

「休んでる間ずっとなにしてたんだよ～」

「相変わらずクワガタヘアだな！」

久しぶりに見る桑島くんにクラスメイトたちは分かりやすく喜んでいる。

桑島くんの席の周りにはあっという間に人が集まった。

「うるさいなー、くせ毛なんだよ」

桑島くんは頭を手で押さえながら言う。

「桑島がいない間、先生が寂しがってたぞ」

「ふーん。本当はお前のほうが寂しかったんじゃねーの？」

「バカ、違うって!!」

桑島くんは屈託なく笑った。まるで、なにも悩みを抱えていない人のように。

周りのみんなもなにも気づかず、笑っている。

桑島くんって男友達と話すときは少し尖《とが》った言葉を使うんだ。

「てか、お前昨日なにしてた？」

「昨日？」

「昨日の朝、港近くで桑島っぽい奴を見たんだよ。俺は遅刻しそうだったから、声かけれなかったけど」

「あー、昨日は……」

自然と桑島くんと目が合う。

桑島くんは下唇を噛み、意味ありげに笑った。

「秘密だよー」

「なんだよそれ！　ぜってぇサボりだろ！」

「秘密主義者なので言いませーん」

ふたりのやりとりにどこからともなく笑いが生まれる。

桑島くんも笑っていた。

桑島くんの秘密を知っている私は笑えなかった。

〝秘密〟という言葉には、昨日私と過ごしていたことと家庭の事情で学校をやめることの両方の意味を含んでいる気がした。

桑島くんが友達に秘密を明かさないのは、友達思いな桑島くんの配慮なのかもしれない。自分のことより、相手の気持ちを優先している。

でも、桑島くんは本当にそれでいいのかな。

なにか私ができることはないのかな……。

放課後は課題未提出者の居残りがあると知っていたので、私は図書館で時間を潰したあと、教室へと向かった。

予想した通り、教室には桑島くんがいた。

「あれ、姫野さん。まだ残ってたの？」

「うん。みんなが帰るの待ってた」

「なんで？」

「私も手伝うよ。授業受けてないから、難しいでしょ？」

「え、でも……。なんか、申し訳ないな」

「私は桑島くんの力になりたいの！」

思っていたよりも二倍は大きな声が出た。

「桑島くんの秘密を知ってるのは私だけだし、勉強は少しだけ得意だから……」

頼ってほしい、と言うのは少しおこがましいと思い、口ごもる。

そんな私を見て、桑島くんは小さく笑った。

「じゃあ、俺専用の先生になってよ。姫野先生」

「うん！」

この日から放課後は桑島くんとの勉強会が始まった。

「終わったー。疲れたー」

「今日もお疲れ様」

「姫野さん、教えるの超うまいと思う。めっちゃ分かりやすいし！」

「そ、そうかな……」

また、ありがとうと言うタイミングを見失う。

「俺、数学とか一生解けないと思ってたけど、理解しようとしてなかっただけかも」

「たしかに、桑島くんは文系脳だよね。特に、現代文の表現力が高いと思う。数学の問題も前と比べたら、確実に解けるようになってきてるよ」

「よっしゃ！　溜めすぎてた課題もあと少しで終わるなー。毎日課題提出してるみんな偉すぎ」

あの日から桑島くんは毎日学校に来て、授業を受けたあとに放課後は私と図書室で勉強会をしている。勉強嫌いの桑島くんからしたら十分成長していると思う。

「日も暮れてきたし、そろそろ帰るか。姫野さん、時間大丈夫だった？」

「うん」

気づけば、夕方六時を過ぎていた。

今日は買い出しには行かず、冷蔵庫の中にあるものでなにか作ろう。

そうすれば、きっと間に合うはずだ。

「うわー、超雨降ってる。傘持ってきてないんだけど」

桑島くんは昇降口で雨を眺めながら、嘆いた。

六月下旬、梅雨であるにもかかわらず傘を持っていないのは、なんとも桑島くんらしい。

「じゃあ、私の傘に入る？　ちょっと小さいかもしれないけど」

「え、でも……」

「いいよ。気にしないで」

「うん。じゃあ、途中まで」

小さな傘の中で身を寄せ合いながら、帰り道を歩いた。

「桑島くん。傘、もっと自分のほうに寄せていいよ」

傘を持ってくれた桑島くんの片方の肩がほとんど濡れているように見える。

「大丈夫だよ。バカは風邪ひかないって言うでしょ？」

「ふふっ、そっか」

「否定しないんかい」

桑島くんらしい言い分につい笑ってしまった。

「じゃあ、俺の家ここだから」

「知ってるよ」

「だよね」

くだらない会話も桑島くんと一緒なら楽しい。

こんな時間がずっと続けばいいのに。

「紡？　それに……明日花ちゃん？」

「母さん……！」

振り返ると、買い物帰りだと思われる桑島くんのお母さんが立っていた。

「やだ、濡れてるじゃない。そんなんじゃ風邪ひくわよ。ちょっと待って、タオル持ってくるから」

桑島くんのお母さんは家から白いふわふわのタオルを持ち出し、桑島くんの頭を撫《な》でた。

「平気だってば……」

少し照れているような桑島くんの表情が珍しくて、微笑ましかった。

「ほら、明日花ちゃんもおいで」

「え？」

拒むような理由も見当たらず、私は桑島くんのお母さんの腕の中で柔らかいタオルに包まれた。

「きっと、紡に傘を貸してくれたんでしょう。ありがとう。あなたは本当に優しい子ね」

　よしよしと頭を撫でられた。

　優しい声と温かい言葉が心に沁みる。

　途端に、急に寂しさで胸が締めつけられた。

　もし、私にお母さんがいたら、こんな風に抱きしめてくれたのかな……。


「遅かったな。なにかあったのか？」

「あ……ごめんなさい」

　間に合うはずだと思っていたけど、すでにお父さんが帰ってきていた。

「すぐ、ごはん作るから……」

「いい、俺が作る」

「えっ」

「炒飯でいいか？」

「うん！」

　お父さんの炒飯を食べるのは久しぶりだ。炒飯はお父さんの得意料理で、私の大好物だ。

　昔は手料理を毎日のように作ってくれたけど、十歳を越えてからは徐々に私が作るようになっていった。

ものの数十分で、お父さん特製の炒飯が完成する。

「いただきます」

「いただきます」

いい匂いにそそられて、炒飯を勢いよく頬張る。

お父さんの炒飯は、懐かしい味がして美味しかった。美味しさの隠し味はきっと、お父さんとの思い出だ。

「美味いか？」

「うん。美味しいよ！」

「そうか」

お父さんは安堵したように綻んだ。

「放課後に委員会でもあったのか？」

私の帰りが遅くなった理由をまだ気にしているようだ。

「ううん。最近、放課後に桑島くんと勉強してるの」

「桑島？」

「同じクラスの友達で、最近よく一緒にいるの。それでね、帰り際に偶然、桑島くんのお母さんに会ったんだ」

「……そうか」

お父さんは視線を炒飯に戻した。このままでは会話が終わってしまう。

私はお父さんが食いつくような話題を必死に探した。

「ねぇ、お父さん。私のお母さんってどんな人だったの？」

私がそう聞くと、お父さんの手がピタリと止まる。

「急になんだよ」

「だって、今まで私のお母さんのこと全然教えてくれなかったじゃん」

「どうでもいいだろ」

お父さんは素っ気なく言った。

「どうでもいいわけないよ。家族だもん」

お父さんはきっとなにか隠してる。

真実を知るのは少し怖いけど、もうこの世にはいないお母さんも私の家族だから、大切にしたい。桑島くんのお母さんの秘密を知った日からそう思うようになった。

今日実際に桑島くんのお母さんの優しさに触れて、家族の温かさを実感した。

私ももっと自分の家族のことを知りたいし、お父さんのほうからも歩み寄ってほしい。

「たまには家族の話をしようよ。いいでしょ？」

「……明日花は関係ない」

少しの間があったが、目も合わせず、吐き捨てるように言われた。

関係ないってなに……？　どうしてそんな突き放した言い方をするの……？

胸の奥が締めつけられたようにキュッと痛む。

お母さんの死は、お父さんにとっては忘れたい過去なのかもしれないけど、私は一生、忘れることができない。お父さんはお母さんを永く大切に想っているはずなのに、どうして私には少しも向き合ってくれないんだろう。

私も同じ家族なのに。

モヤモヤとした気持ちが心の中を渦巻く。

私は真剣に聞いているのに、頑なに口を割らないお父さんが燗《かん》に障る。

「お父さんは私がいないほうが幸せだったよね……」

「は？」

「だって、いつも辛そうだもん……」

今まで溜まっていた本音が溢れ出す。

こんなこと言いたいわけじゃないのに。

でも、一度言ってしまえばもう歯止めが利かない。

ずっと〝いい子〟でいたかった。お父さんの負担を少しでも減らせるように、勉強も家事も頑張って、弱音を吐かずに過ごしてきた。お父さんに必要とされたかったから。

でも、気づけば心も身体もボロボロになってた。

本当はずっと気づかないふりをしていたかったけど、この鬱憤は私が抱えるにはあまりに重すぎたのかもしれない。

「私が生まれてきた理由なんて、最初からなかったんだよ！」

「黙れ!!」

お父さんの怒鳴り声ではっと我にかえる。

「いい加減にしろよ」

聞いたことがないくらいに低いお父さんの声。

怒鳴られた驚きと、荒々しい声と言葉が心を突き刺し、自然と涙が溢れた。

自分でもよく分からないほど、涙がこぼれ落ちる。

涙でにじんでよく見えないけれど、お父さんの怖い顔を肌で感じた。

私は思い出の味を残したまま、自分の部屋へ向かった。

電気をつけず、真っ暗な部屋でひたすら泣いた。

どうしたらいいのか分からず、幼い子どものように泣きわめいた。

部屋で独り泣き続けた夜は、今までの人生の中でいちばん息苦しかった。

深夜二時、なかなか寝つけずに、スマホをいじっていた。

いつものように無料で小説が読めるアプリを開くと、『はんぶんこ』の物語の続きが出ていた。

「え？」

この物語にまだ続きがあったんだ。勝手に完結したものだと思っていた。

私は『はんぶんこ』を読み始めた。

『いつもはんぶんこだと独り占めしたくなるけど、それはひとりじゃないっていう証なんだよ』

最初のたった一文で心を掴まれた。

私もこんな風に言葉にできたらいいのに。

『幸せのはんぶんこも悪くないな』

そんな一文で物語は終わった。

今日はこの言葉をお守りにして、眠りについた。


昼休み、教室の窓に打ちつける雨を眺めながらクラスメイトたちがはしゃいでいる。

「うわー！　雨やべー！」

「なんか、さっきより雨激しくなってない？」

「今日早めに帰れるかもねー」

「大雨警報出たらあり得る！」

朝の天気予報で、午後から十年に一度の豪雨だと言っていた。

土砂降りの雨に、不安を煽《あお》るような強風。

まるで私の心模様をそのまま表したかのような天気だ。

――ピーンポーンパーンポーン……。

「えー、職員会議の結果、大雨警報により午後の授業を中止することになりました。生徒は速やかに下校するように。自宅が学校から距離のある生徒の場合は親御さんに迎えを……」

アナウンスの声を遮るように、クラスメイトたちの歓声があがる。

ほとんどの人が親に電話をかけ、学校まで迎えに来てもらうように頼んでいた。

私もお父さんに連絡すれば迎えに来てくれるのかもしれないけど、昨日あんなことがあった手前、連絡しづらい。

クラスメイトたちは続々と帰り始め、気づけば私はひとりぼっちになっていた。

私は誰もいない教室の窓から下校する生徒たちを眺める。

遠くで唸《うな》るような雷鳴が聞こえる。

雷は嫌いだ。

昔、留守番中に天候が悪化し、激しい豪雨と雷に怯《おび》えながら過ごしたことがあった。

まだ幼かった私は、泣きながら玄関でお父さんの帰りを待っていた。

どんなに泣き叫んでも声は誰にも届くことなく、外の雨音にかき消された。

寂しさで胸が張り裂けてしまいそうだったあの日がトラウマとなって記憶に植えつけられている。

「みっけ！」

背後から聞き馴染みのある声が聞こえた。

振り返ると、レインコートを着た桑島くんの姿があった。

「く、桑島くん!?　どうしてここに……」

「それはこっちのセリフだよ。ここにひとりでいて、どうするの？　学校で一泊するつもり？」

「違うよ……」

「早く帰らないと、雨で道が通れなくなっちゃうよ。海沿いの道だってあるし」

「帰りたくない……」

「お父さんとけんかでもしたの？」

図星を指されて、言葉に詰まる。

「話聞くよ」

桑島くんはこんな状況でも私の隣に座り、なにも言わずに私の言葉を待った。

私は少しの間を置いて、ずっと気になっていた疑問の答えを聞くことにした。

「桑島くんは自分が生まれてきた理由って見つかった？」

桑島くんは眉間にシワを寄せて、短く唸った。

「俺もずっと考えてたんだ。でもそんな大層な理由がなくても生きてていいと思うんだよね。今はまだ答えが分からないけど、いつか分かる日が来るよ。その日を目指して今日を生きるんだ。ただ、それだけだよ」

その言葉は私の心にゆっくりと沁み渡った。

「姫野さん、一緒に帰ろう」

桑島くんは立ち上がり、そっと私に手を差し伸べた。

「早くしないと俺、先に帰っちゃうよー」

桑島くんはその場で足踏みをしながら待っている。島に行った日と同じで、私の答えを促すように。

あの日は半ば強引に手を取られたけど、今日は違う。私は自分から、桑島君の手を取った。

外は傘に穴が空くのではないかと心配になるほどの激しい雨が降っていた。

隣にいる桑島くんに声が届くかも怪しい。

滑らないように、一歩ずつしっかりと踏みしめるようにして歩いた。

桑島くんはなにも言わず、私の歩くペースに合わせてくれた。

「姫野さん！　この橋気をつけて！　欄干《らんかん》ないから！」

「分かった！」

雨音に負けないように声を張って話す。

川の水が橋の上まできているが、この橋を渡らなくては家に帰れない。

傘は閉じたほうが安全かもしれない。濡れてしまうけれど、吹き飛ばされるよりはいい。向かい風ということもあって歩きにくい。

傘を閉じようと手をかけた瞬間、強風に襲われ、体勢を崩した。

同時に足を滑らせ、視界が大きく傾いた。

「キャーーー!!」

「姫野さん！」

一瞬、なにが起きたのが分からなかったが、すぐに首もとまで水に浸かっていることに気づく。

自分が氾濫した川に落ちたことを理解し、恐怖心に襲われる。

桑島くんが瞬時に手を掴んでくれたおかげで、なんとか溺れずに済んでいる。

川の流れに逆らい、桑島くんが私の手を必死に引っ張っている。

この川がどれくらいの深さなのか分からないが、足がつかないことに恐怖を覚える。

今までの人生の中で初めて〝死〟と直面した状況に陥った。

桑島くんは橋の上から身を乗り出し、地面に這うようにして私の手を離すまいとしている。

「誰か、誰か助けてーーー!!」

桑島くんの縋《すが》るような叫び声が聞こえた。

このままだと、桑島くんまで巻き込んでしまうかもしれない。

ふたりとも助かる保証はない。

どうか、桑島くんだけでも助かってほしい……。

だって、いつも私を救ってくれたから。

今までの桑島くんとの思い出が走馬灯のように脳裏に浮かぶ。

私は死を悟り、桑島くんの手を離した。

「姫野さん！　姫野さーーん‼」

桑島くんの声が遠のいていく。

水底へ勢いよく落ち、儚《はかな》く消えゆく泡沫《うたかた》に包まれる。


冷たい。

暗い。

怖い。


このまま川の流れに身を任せれば、お母さんに会いに行けるのかな……。

そんなことを思い目を閉じた瞬間、水中で力強い波紋が伝わってきた。

状況が読めずにうっすらと目を開けると、そこには無数の泡沫が広がっていた。

誰かが私と同じように溺れてしまったのだろうか。

……違う。

助けに来てくれたんだ。

人影がこちらに手を伸ばしている。

私は最後の力を振り絞り、手を伸ばした。

すると、痛いほど強い力で手を引かれ、抱きしめられた。

お父さんだ。

暗い水中で顔はもちろん見えないけれど、すぐにお父さんだと分かった。

なぜだかは分からない。うまく言葉にできないけれど、この人は間違いなくお父さんだと、声にならない思いを心から叫んでいた。


私たちは近くにあった軒下に腰を下ろした。

「はあ……はあ……」

呼吸が整うまでなにも考えられなかった。

ひとまず助かったけれど、全然頭が回らないし、なにも言葉が出てこない。

「明日花……大丈夫か……」

「お父さん……」

「もう誰も……俺の前からいなくならないでくれ……」

お父さんは張りつめた糸がプチッと切れたように本音を吐露した。

「……お父さん？」

「明日花、ごめんな。……ごめん」

「え……？」

「昨日のことだ。娘にあんなこと言わせるなんて、父親失格だ。桜《さくら》がいたらなんて言うか……」

「桜って……私のお母さんだよね？」

「ああ。いつか、こんな日が来るって分かってたんだ……。全部話すよ」

私は息を呑《の》んだ。

すでに覚悟はできている。

「実は、明日花が生まれた日が桜の命日なんだ。出産中に急に容態が悪化して、そのまま息を引き取った。身体の弱かった桜は命懸けで明日花を産んだんだ」

私は、お父さんから告げられる事実に言葉が出なかった。

「桜を失ってから、どこにいても、なにをしていても、どこか息苦しかった。まるで、自分が半分いなくなったみたいで……。誰かを、本気で愛することが怖くなったんだ。愛したほど、失ったときの絶望がなによりも大きいと知ってしまったから……。自分の娘さえも十分に愛せない、そんな自分が大嫌いだった」

お父さんもずっと息苦しかったんだ。ずっとひとりで抱え込んでいたんだ。

「どうして、今まで教えてくれなかったの？」

「明日花を傷つけたくなかった。知らないほうが幸せだと思ったんだ……。明日花だけは命に代えても守るって桜と約束したんだ。本当だ。信じてくれ……」

「もう……お父さんのバカ！　なんでそうやって全部ひとりで抱え込もうとするの？私が今生きてるたったひとりの家族なんだから、もっと頼ってよ！」

　こんなに堂々とお父さんに言うのは初めてかもしれない。

　自分でも少し自分に驚いている。

「私は父子家庭に生まれた自分を可哀想だなんて思ってない！　勝手に同情しないで！　大変なこともあるけど、お父さんがいたから頑張れたことだってあるんだよ」

　誰かの犠牲で成り立っている幸せは幸せとは呼ばない。

「そうか……」

　お父さんは温かい眼差しで微笑み、私を抱きしめた。

　お父さんの腕に包まれて、懐かしい記憶を思い出す。

　仕事が休みの日は私が喜ぶ場所へ連れていってくれたり、公園で自転車に乗る練習に付き合ってくれたりした。

　授業参観では母親たちに囲まれ、居心地悪そうな顔をしながらも毎回来てくれた。

　遠足の日は朝早くからお弁当を作ってくれた。

　夜は私が寂しくないように、夕飯までには帰ってきてくれた。

受験生のとき、机で寝落ちしてしまった私に毛布をかけてくれていた。

今までのお父さんとの思い出がよみがえる。

私は十分に愛されていた。

「お父さんはずっと私のお父さんだよ」

お父さんへの私の素直な気持ち。

やっと言葉にして伝えることができた。

お父さんは静かに涙を流していた。

私はお父さんが泣いているところを初めて見た。

もしかしたら、誰にも見えない場所でひとり泣いていた日もあったのかもしれない。

私を傷つけないために。

弱みを見せない強い父親であるために。

すべて私のために……。


「姫野さーーーーん！！」

桑島くんの声が聞こえて、私とお父さんは声のほうを向く。

そこには、大粒の雨に打たれながらも必死に私たちを探してくれたであろう桑島くんの姿があった。

「無事でよかった――――!!」

私のところにたどり着くまで待てずに話しかけてくるのが桑島くんらしくて和む。

桑島くんが軒下まで来ると、真っ先にお父さんに会釈した。

「姫野さんを助けてくれてありがとうございます！」

「君が桑島くんか」

桑島くんはどうして自分の名前を知っているのか一瞬不思議に思ったようだったけど、すぐにお父さんを受け入れた。

「はい！　姫野さんと同じクラスの桑島紡です」

「俺も姫野だが」

「え？　じゃあ、さっき川に飛び込んだのって……」

「私のお父さんだよ」

桑島くんは目を泳がし、分かりやすく動揺している。

「えっ、じゃあふたりとも姫野さんってこと!?」

「悪かったな。この容姿《なり》で」

私は姫野という名字がかわいくて気に入っているけど、強面のお父さんは多少なりともコンプレックスに感じているみたいだ。

「名前で呼んでやってくれ。明日花は唯一無二だからな」

「はい！」

桑島くんは元気よく返事をした。そのあどけなさにお父さんは微笑んだ。

「桑島紡くん、ありがとう。うちの娘を……明日花を救ってくれて。君がいなかったら間に合わなかったかもしれない」

「ふたりとも無事でよかったです！」

「桑島くん、本当にありがとう」

私も桑島くんにお礼を言うと、なぜかじっと見つめられた。

もしかして、なにかついてる？

「ちょっといい？」

「え？」

桑島くんは私の首に手を回し、後頭部を優しく押さえた。

そして、ひっつめた髪を結んでいたヘアゴムをゆっくりとほどく。

濡れて重たくなっていた髪から雫がボタボタとこぼれ落ち、ほんの少し楽になる。

「髪、下ろしてるほうが似合うんじゃない？」

そう言って私の手のひらにヘアゴムを置いた。

桑島くんの髪はいつものクワガタヘアとは違い、雨で濡れて大人しくなっている。

まるで、別人のようだった。

でも、自分の気持ちに嘘をつかないこの目を私は知っている。

「あ、ありがとう」

一瞬でも、抱きしめられたのかと思った自分が恥ずかしい。

私はなにを期待しているんだ……。

なぜ、今このタイミングで髪型が気になったのかは分からない。

でも、素直な桑島くんが言ってくれた言葉は素直に受け取るべきだよね。

「いつの間にか、そんな表情をするようになったんだな……」

隣にいるお父さんが私の顔を見つめていた。

「明日花は桜に似てるな……」

雨の中、お父さんが呟いた言葉は私の耳には届いていた。


今日から、桑島くんと待ち合わせをして登校することになった。

「明日花、おはよう。元気になった？」

「おはよう。もう大丈夫だよ」

あの日、長時間雨の中にいたせいで風邪をひいてしまった。

桑島くんとは三日ぶりに会う。

ふたりで海沿いの道を歩きながら学校へと向かう。

これからは桑島くんと一緒に登校すると思うと、一日の始まりが億劫に感じない。学校生活も桑島くんが隣にいてくれるおかげで、心強い。

桑島くんと過ごすようになって、自分と素直に向き合えている気がする。

そのせいか、以前より心地いい。

「今日、髪下ろしてるんだ。いいじゃん」

「ありがとう」

「お父さんと仲直りできてよかったね」

「本当、桑島くんのおかげだよ」

桑島くんがいてくれたから、お父さんに本音を話すことができた。

桑島くんがいてくれたから私は変われた。

「俺、やっぱり学校やめないことにした」

「え、本当⁉」

これからも桑島くんと同じ学校に通えることを私は素直に喜んだ。

「うん。母さんにそのこと話したら、もっと自分の人生を大切にしろって怒られてさ。でも、洋平おじさんのところでバイトすることになったよ。週二でもいいから雇ってやるって。優しいよね」

「そうなんだ。よかった……」

私はほっと胸を撫で下ろす。

「俺が学校やめるの寂しい？」

桑島くんはいたずらな表情を浮かべて、私の顔を覗き込んだ。

「へっ？」

「冗談だよ。その顔が見たかっただけ」

桑島くんの思うツボなのが恥ずかしくて、そっぽを向く。

「ごめんって。でも、明日花がいなかったら俺、一学期で学校やめてたかも。明日花がいたから、学校に行こうって思えたし、勉強も頑張ろうって思えたんだ。明日花が俺を救ったんだよ」

「本当に……？」

私は桑島くんの目を見る。

「全部本当のことだよ。明日花が嬉しいと俺も嬉しくなるんだよ。幸せのはんぶんこってやつ」

どこかで聞いたことのあるような……。

私は点と点が線でつながったように閃《ひらめ》く。

「桑島くんってもしかして……『はんぶんこ』っていうネット小説読んだことある？」

「ん？　読んでくれたの？」

微妙に噛み合っていない会話にお互い首を傾げた。でも、会話の整理ができていない私をよそに、桑島くんは顔に喜色を浮かべていた。

「あれ、俺が書いてるんだよ」

「え、えぇぇーー!!」

「明日花、そんな声出るんだ」

桑島くんは豪快に笑った。

そんな、信じられない。

辛いとき、心の支えとなっていた物語を桑島くんが書いていたなんて……。

あなたの物語に私は救われたの。

でも、なにもかも『はんぶんこ』だなんてやっぱり嫌だよ。

だって、独り占めしたい人ができたから。

「あ、アサギマダラだ！」

「あの島からもうここまで来たの!?」

アサギマダラは頷くようにひらひらと羽を動かしている。

「この前の雨にも負けなかったんだな」

「これからもっと空を渡って、旅をするんだよね」

「え？」

私たちは飛んでいくアサギマダラを見送った。

その羽には、私たちの幸せを願う言葉と笑顔を背負っている。

お母さんも見ているかな。私、お母さんの分まで生きてみせるからね。

この想いが空から天へと届きますように。

人生で一度きりしかない泡沫のような〝今日〟という日を大切にしたい。

未来でする過去の話に花を咲かせられるように、私は今日を生きる。

そう思えば、なんでもないような一日も悪くないよね。

涙で枕を濡らすような日も、いつかの未来にきっとつながるから。

「てかさー、俺が明日花って呼んでるんだから明日花も俺のこと下の名前で呼んでよ」

恥ずかしさは少し残るけど、今の私なら素直に言える気がした。

「紡、行こう」

「うん！」

この先の未来も紡が隣にいてくれるといいな。

梅雨明け、夏の始まりを感じさせる新しい風が吹く。

少しだけ、息がしやすくなった気がした。

偽りが落ちる

夜瀬ちる

どこにいても、何をしていても、いつもどこか息苦しい。

──こんな自分のことが大嫌いだ。


昔からかわいいものを身につけたり、見るのが好きだった。

かわいい洋服、かわいいリボン、かわいいお菓子、かわいいおもちゃ……。

けれど他人《ひと》にかわいいものが好きだと伝えたことがない。いや、一度だけ、小学校に入学してしたてのころ、仲のよかった友達に『かわいいものがすき』と面と向かって言ったら、「女の子のものがすきなの？　変なの」と笑われたことがある。それが恥ずかしくて、ショックで。

だから本物の自分を人前でさらけ出したことがない。

本当のことを言い、笑われるのが怖くて怖くて仕方がなかった。


だけど、このままじゃダメだ。

そう思い始めたのは中学二年の溶けるように蒸し暑い夏。

学校の授業で、女の人が男の人になりたい、そんな講演会があった。

その人は、体の性別と心の性別が異なるという悩みを抱えていた。

僕はそれとは異なるけれど、その人の話を聞いたとき、感化された。

好きな自分になっていいんだ。自分に正直になっていいんだと。

自分を嫌いになってしまう前に、行動しよう。

——自分の好きな姿になる。

そう決意した。


行動力だけはある僕は、その準備のために知り合いがいない隣町の服屋に出かけた。男性にしては小柄な体格を活かして人混みをすり抜けていく。

服屋には必ずある全身鏡。自然と視界に入るそれに映っているのは、チクチクとした短い髪に、黒い短パンを着た自分の姿。自分なのに自分ではない気がして、見るたびに心が痛んだ。

親には言っていない。拒絶され、嫌われてしまうかもしれないから。

だから母に、長く伸ばしたかった髪は切れと言われた。スカートを穿《は》きたかったのにズボンを穿けと言われた。

鏡の中にいる自分は、自分ではない気がして一瞬吐き気が襲った。僕は逃げ出すように全身鏡の前から去った。

そして僕は人生で初めて女性用のかわいいワンピースを手に取った。周りの音がシャットダウンされたように、自分の心臓の音がうるさいほど聞こえてくる。

ダメなことをしているわけでもないのに、この場から離れたくて早足で会計へと進んだ。

すぐに店を出た僕はデパートに出向いた。

そこでは独学で調べた、自分に似合いそうなコスメを選び、購入した。

僕の周りには女性だらけで、男は僕しかいない。

僕は誰とも目を合わさないようにうつむきながら帰路に就いた。

頬が緩んで、買えた嬉《うれ》しさを噛《か》みしめながら、さっそく新しい服を着てみた。

しかし、鏡を見た途端、冷めきった表情になったことを覚えている。

――あぁ、似合わない。

ただ実感した。

頭では似合わないことなんて理解していた。なのに心のどこかで、似合うんだと、大丈夫だと思っていた。

けれど僕が女性用のかわいい服を着て、似合うはずがないのだ。

胸が急に締めつけられ、暗闇にひとり突き落とされたかのように心に黒い渦が巻いていく。

現実を突きつけられた気がして、僕は静かに涙を流した。

涙を拭こうとハンカチを探していると、布の感触が指先に触れた。先ほどまで着ていた服だった。

それは僕をあざ笑うかのように、人のぬくもりを感じさせた。

それから僕は心にぽっかりと穴が空いたような感覚に陥った。

なにをするにもやる気が出ず、楽しかったはずの学校にも行きたくなくなった。

まぁ親に心配はかけたくないから渋々登校していたけど。

一年の月日が流れ、中学三年の比較的涼しい夏に、また似たような講演会が開かれた。前回とは違う人だったが、悩みはほとんど一致しているようだ。

僕は諦めていた。もう忘れようと、終わらせるつもりだった。

好きな姿になんてなれない――。

そう思っていたはずなのに、目の前の女性はとても生き生きとしている。まるで自分を見て、と主張しているように。

どうして。どうして、そんなに輝けるんだ。

「正直になったほうが人生、楽なときもあります。自分を、責めてはいけませんよ」

やけにその言葉が脳裏にこびりついた。

自分のことを言われている気がして心臓がドクドクと脈が打つのが分かった。僕はもう諦めたんだ。もう、実感してしまったから。

気づけば僕は講演会中、目にいっぱいの涙を溜めていた。そして蚊《か》が鳴くような小さな嗚咽《おえつ》が体育館中に響いた。

なにがなんだか分からなくなって、その場から消え去りたかった。周囲の目が僕のほうに向いて、その視線が刃物のように痛々しかった。

僕は先生に連れられ保健室へと向かった。そして保健室の丸い椅子に座った。そこに先生がいるのにもかかわらず、涙は溢れ続けた。先生は泣き終わるまで背中をさすってくれた。

しばらくして落ち着いた僕は、担任の先生と共に教室に向かった。

講演会が終わったのか、教室の窓からクラスメイト全員が着席しているのが見えた。教室に入るのに躊躇《ちゅうちょ》はしたが、入らないわけにはいかない。スライドドアの音に反応したクラスメイトが僕に目線を移した。

僕はうつむき加減で自分の席に座る。すると、隣の席の宮本《みやもと》が「大丈夫か？」と小さく声をかけてきた。僕が首を縦に振ると宮本は微笑んで前を向き直した。詳しく聞かなかったのは宮本の優しさだろう。僕はその優しさに助けられた。

誰も講演会の出来事について触れなかった。普段通りに接してくれたおかげで僕は毎日学校に通った。

結局、自分のことは誰にも話さないまま中学を卒業し、無事高校に入学した。

あの講演会のあと、僕の心に再び火がついた。

好きな姿で生きたいという夢が、憧れが。


それからスマホで服やメイクについて何時間も勉強した。

その時間がなによりの至福だった。

高校生になって二ヶ月。

私生活が落ち着いてきたこともあり、僕はもう見ないと思っていたクローゼットの奥に閉まっていたワンピースを引っ張り出した。

モノクロのチェック柄のワンピースに腕を通し、リップをつけ、薄くチークをのせた。いわゆるナチュラルメイク。

準備が完了して、鏡の前へ足が進む。新しい自分を見たいという好奇心と、絶望する自分を認めたくない気持ちでいっぱいで足がすくんだ。

それでも好奇心が勝った。気づけば鏡の前に立っていた。

鏡の中にいる自分が、微笑んでいた。

あのときとはまるで違う。

あれから身長が伸びて服のサイズは小さくなっていたけれど、それを気にする余裕なんてなかった。

さすがにウィッグは高値で買えないから、一年かけて肩くらいまで髪を伸ばした。この格好で外に出たら変な目で見られるだろうか。笑われるだろうか。指を差されるだろうか。

そんな不安が僕を惑わせてくる。

だけどそんなことより僕は好奇心に駆られていた。

だからだろう。頭で考えるより先に足が動いていたのは。

「――!」

家から一歩出た瞬間、体が軽くなった気がした。

自分が自分じゃなくなったみたいで、嬉しい反面、恐怖心もあり、心の端で葛藤していた。

それでも僕は自転車に跨《また》り、隣町の服屋を目指した。

新しい服を買いに。

店に入るときは恐怖と不安でいっぱいだった。変な目で見られませんように。そう心の中で呟いて店内に入った。

高い天井の中心には大きなシャンデリア。光る照明が僕たちお客を照らし続ける。

気になるものはないかと探していると、青いオーバーオールが目に入った。なぜオーバーオールだったのか、それは僕にも分からない。けれど数多くある商品の中でそれはとても輝いて見えた。

僕はそれを手に取り、会計に向かう。

会計を担当していた女性の店員さんと目が合った。店員さんは僕の顔を見て一言。

「素敵なメイクですね」

僕は思わず硬直する。

ニコッと微笑み、営業スマイルが僕に向けられる。すると隣のレジの店員さんが飛んできた。

「小見《こみ》が失礼なことをいたしましたでしょうか。大変申し訳ございません」

頭を下げて謝られたので、ひとまず誤解だということを説明する。

店員さんが謝っているという状況に、周りの人たちからの注目を浴びてしまった。

視線が痛い。後ろでコソコソ話しているのは僕のことだろうか。笑い声が聞こえた。

慌ててその方向に顔を向けると、中学生くらいの女の子がお互いの顔を見合わせて笑っていた。僕を見ていたわけではないと分かると安堵したが、疑心暗鬼になっている自分がいて怖くなった。

僕は小見という店員さんから、購入したものを渡された。すぐに受け取って、帰宅しようと自動ドアに向かった。

すると、ウィンと機械音が鳴った。

僕はまだセンサーが反応する位置に立っていない。僕の周りには誰もいないので、外から誰か入ってきたのだろう。

なんとなく、前を見据えると、どこか見覚えのある人が立っていた。

「一ノ瀬《いちのせ》……？」

声を出してから気づいた。

僕は今、赤崎椿《あかさきつばき》じゃない。誰でもない、存在しない人なのに。

声を、かけてしまった。

一ノ瀬華織《かおり》。

同じ高校のクラスメイトで、少し目つきが悪いのが特徴の女の子。しかし、彼女の強気の風貌と性格は似ても似つかない。周りから見ても、よく人に頼られたり、真面目に授業を受けていたりする。彼女がいると教室は明るい雰囲気に包まれる。

僕も何度か話したことがあった。だからだろうか、顔を見た途端、いつもの癖《くせ》で名前を呼んでしまった。

「え、赤崎？」

目の前の彼女は驚いたように目を丸くしてこちらを見た。

バレた。バレてしまった。

先ほどまで浮かれていた頭は、今は真っ白に塗り替えられていく。

学校で言いふらされるだろうか。バカにされ、軽蔑されるだろうか。

知り合いに出会うなんて考えてもいなかった。

頭が完全に真っ白になり、一目散にその場から逃げ出した。

ただ、余裕のない頭で考えたのは、どうして一ノ瀬は瞬時に〝赤崎椿〟だと分かったのだろうか、という疑問だけだった。


翌日、いつも通りに登校した。

もう噂《うわさ》が回っているかもしれない。机に悪口を書かれたり、無視されたりするのかな……。

死んだような顔で僕は教室のドアを開けた。

「おはよ」

「おー、おはよ」

友達は、いつも通りの顔で、声で、挨拶をした。なんとなく気まずくて目を逸らしながら席に座った。

机にも悪口を書かれていない。まだ噂になっていないのだろうか。

「赤崎」

声の主はだいたい予想できた。

僕は冷や汗をかきながら後ろを振り返った。

「一ノ瀬……」

人生の終わりだと、本気でそう思った。

彼女の顔を見ると、僕には黒い笑顔が垣間見えた。

「今日の放課後空けといてね」

彼女の手が僕の肩に置かれた。

僕はさっきから汗が止まらなくなって、金魚のように口をパクパクさせるだけ。

「なにー？　もしかしてデートのお誘いしてるー？」

僕と彼女の間に入ってきたのはクラスメイト、おそらくカースト上位に入るであろう陽気な女の子だった。

「そ、だから邪魔しないでっ」

「!?」

もともと、デート、という単語に反応していた僕だったが、彼女が肯定したことによってさらに驚きが隠せなかった。

女子との絡みが少ないわけじゃない。話しかけられたらしっかりと話すし、自分から話しかけることもある。ノリも悪くないと思う。実際、僕は男の子といるより、女の子といるほうが楽なのだ。

けれど女子とふたり、ましてや昨日の姿を見られた一ノ瀬と出かけるなんて恐怖以外のなにものでもなかった。

脅される、それしか頭になかった。

沈黙のあと、すぐにチャイムが鳴った。

おかげでその場から逃れた僕だったけれど、結局、放課後に捕まってしまった。

急いで鞄《かばん》に荷物を詰めていると、朝と同じように肩に感触があった。

もちろんこの手の主は、

「一ノ瀬、ですよねぇ」

「おぉ正解～」

振り返らずに告げれば、明るい声が返ってくる。

僕は一通り荷物を詰めてから後ろを向く。

いちばんに目に入ってきたのは、スマホに映し出されたコスメの画像だった。

「買いに行こ！」

困惑した。

目の前の彼女はなにを言い出すんだ。

「なんで僕!? 友達と行ってきなよ！」

つい大声になってしまう。

とっさに周りを見るが、幸い、もう誰もいなかった。

「……あ、違う違う、私のじゃなくて、赤崎のコスメを買いに行くの！」

「は？」

次は大声ではなく、ドスの効いた低い声が僕の口からこぼれていた。

気づけば僕は彼女を睨んでいた。多分、自分を守るためだろう。

このあとの彼女の言葉はなぜだか予想がついた。

だから僕は、それ以上言うな、と目で彼女に訴えた。

しかし……。

「昨日のメイク、赤崎に合ってなかったよ」

——言われた。

分かってる、自分でも似合ってなかったことくらい。

けど、あのとき、あの一瞬だけ、自分がかわいいと思えたんだ。

「そんなこと言うんだったらなんで一緒に買いに行こうなんて」

僕がそう言い放った瞬間、彼女に腕を引っ張られ躓《つまず》きそうになる。そんな僕を見て、彼女は笑いながら言った。

「うん、だから一緒に似合うの買いに行こ！」

イマイチ会話が噛み合わないと思った。

だけど、笑顔でこちらを向く彼女が、僕には、僕を照らしてくれる太陽のように輝いて見えた。


そして僕は彼女に連れられ、近くのコスメ店に寄った。

入店した瞬間、ふわっと浮くような、ビリビリと体が震えたような。

この感覚がなんとも言えなくて、僕を虜《とりこ》にする。

キラキラと輝く店内に、色鮮やかな商品たちが並んで、僕を肯定して迎え入れてくれる。

「さぁ、買うぞっ」

隣に目をやると、僕と身長差がある彼女が見上げるようにしてこちらを見ている。

思わず息を呑《の》んだ。

濁りのない、黒く、宝石のような瞳に吸い込まれそうになる。

こんな瞳に、僕はなれるだろうか。

目の前の彼女は、首をこてんと傾げ、僕の目をじっと見つめていた。

だから僕は、気になっていたことを聞こうとした。

「ねぇ、どうして――」

――僕を気にかけるの。

その言葉を遮ったのは彼女の声だった。

「あ！　あっちにいいの置いてあるよ！」

いつの間にか彼女の瞳には、店に並ぶ商品しか映っていないようだった。

僕はなんともいえない感情になった。

もう一度聞こうか、うじうじ考えていると、隣の彼女は一歩踏み出し、僕にもついてくるように目で合図を出した。

考え事をしていた僕は反応が遅れた。急いで彼女についていこうと、一歩踏み出そうとする。

けれど彼女は待てなかったのか、僕の手を引いて早歩きで前に進んだ。

「早く見よ！」

「っ!?」

突然のことに驚き、僕は躓きそうになる。

そんな僕を見て彼女は意地悪をした子供のように笑ってみせた。

「一ノ瀬は、僕を引っ張るのが好きなのか？」

「たまたまだよ、ていうか赤崎がぼーっとしてるから悪いんじゃん！」

本日二回目、一ノ瀬に引っ張られた。

僕はつい呆《あき》れ顔をしてしまう。

けれど彼女はそんなことは気にしないようだった。

握られた彼女の手は僕より小さくて温かい。

「おぉこれいいんじゃない？」

彼女が指さしたのは、ラメが特徴の淡いピンク色のリップ。

それを手に取って僕の唇へと近づける。

「………」

「ん〜、こっちかなぁ？」

ボソボソと呟きながら新しいリップを手に取る。

僕は恥ずかしいというかなんというか。女子にリップを選んでもらっている、その現実を目の当たりにして、自分が情けなく感じてくる。

でも、当の本人を見ると、真剣にかつ楽しそうに選んでくれているからなにも言えなかった。

そのまま直立して数分後。やっとお気に召したのか、最初に手に取った淡いピンク色のリップを僕の手のひらに置いた。

「これ、どう？　赤崎に似合うと思うんだけど」

そう言う彼女はどこか照れくさそうにしていた。
僕は目線を彼女から外して、手の中にある魔法のような小物を見る。
――かわいい。
素直に、そう思った。
金箔のラメが小さく輝いて、その背景には優しく、包み込むような淡いピンク色。
僕はそのとき、ラメのように瞳がキラキラと輝いていたと思う。
「それはいいっていう表情だね」
彼女の声に気づいて顔を上げる。
そこにはリップを愛おしそうに見つめる彼女が立っていた。
彼女もこれが気に入ったのだろうか？
僕がなにも言えずにいると僕の手からリップが取られ、彼女の手の中にしまわれた。
「え？」
僕は驚きのあまり間抜けな声を出してしまった。
先ほどまで温かみを感じていた手が徐々に冷えていく。
どうして僕から取り上げたのか。
正直、焦っていたと思う。
自分を拒絶されたみたいで、お前はここにいてはダメだと、そう言われているような、まるで暗い穴に落ちていくみたいな感覚。

　黒い感情が僕の心を覆った。

　けれど彼女の言葉でその感情は払拭された。

「なんでそんな絶望みたいな顔なの？　せっかく私が赤崎の分奢《おご》ってあげるって言ってるのに」

「お、奢る？」

「そう！　私が誘ったんだからこれくらい買わせてね」

　苦笑いの彼女は僕に背を向け、レジの方向へ向いた。

　恥ずかしかった。

　彼女は僕に似合うリップを選んでくれていたのに。

　真剣に選んでくれたのは彼女だけなのに。

　その善意を僕は疑ってしまった。

　ある意味、彼女の言っていた絶望みたいな表情になった。

　だけど、このままじゃ女の子にお金を払わせることになる。

　どれだけの額だろうと、自分のために使ってほしい。

「一ノ瀬、待って」

　自分から出た声は思った以上に小さく、弱々しかった。

それでも彼女はこちらを振り向いてくれた。

「それ、僕が買うから一ノ瀬は自分の買ってよ」

「はぁ？　やだよ、さっきも言ったけど誘ったのは私。私に払う義務があるの」

「それでも、女の子に払わせるなんて格好がつかないじゃないか」

「別にいいよつかなくて」

一向に折れてくれない彼女と奮闘していたところ、僕はひとつの案を思い浮かんだ。

「じゃあ僕がもうひとつ、リップ買うね」

「だから私が買うって！」

「違う、僕は一ノ瀬のリップを買うよ」

彼女はキョトンとして、なに言ってんの、そんな顔で僕を見つめてきた。

「一ノ瀬にこれプレゼントするね、きっと似合うよ」

僕は固まった彼女を気にせずにもうひとつ、淡いピンク色のリップを手に取った。

「え、ちょっと」

今度は彼女が驚く番らしい。

そんな彼女の手を引いてレジへ足を進めた。

その間、彼女はなにも言わないまま困惑の表情を見せた。

外に出ると、赤い夕日を背景にカラスが飛んでいる。

僕達は近くの公園に寄ってふたり掛けのベンチに腰を下ろした。

「はい、これ」

僕は鞄の中からひとつの袋を取り出す。

彼女も僕と同じ動作で、鞄の中から袋を取り出した。

外に出てから彼女は雲がかかったように浮かない顔をしていた。

少し強引すぎただろうか。

さっきのことは素直に反省しよう。

僕が脳内で反省会を開いていると彼女が口を開いた。

「どうして、買ってくれたの」

その答えを言う前に彼女の顔を見て目を疑った。

今にもその瞳に溜まった涙がこぼれそうな悲しい表情。

僕は一旦袋を鞄にしまい、ポケットからハンカチを取り出して彼女の目尻に当てた。

力加減が分からなくて、彼女の口から「痛っ」と小さくこぼれる。

「ご、ごめん」

「……大丈夫、ありがとう」

彼女は僕の手を取って弱々しく握った。

そんな動作に僕はドギマギしながらも、なるべく優しい声色で泣いた理由を尋ねた。

「ごめんっ、ごめん……」

けれど彼女は手を震わせて謝るばかり。

僕は、どうして謝られているのか分からず、震えている手を握り返すことしかできない。

いつの間にかハンカチは僕と彼女の間に落ちていた。

ついには彼女の瞳から涙が溢れ出し、ハンカチにポタポタと灰色のシミがついていく。

「私のせいで、ごめん」

嗚咽と混ざるその声はぐしゃぐしゃになっていた。

だけど、どうしてだろう。

聞こえにくいはずなのに、その言葉は僕の耳にはっきり届いた。

「──死なせてしまってごめん」

彼女はたしかにそう言った。

その後は解散となった。

解散というより、彼女があの言葉のあとに『帰る』と言い、家があるであろう方向に走っていったのだ。

残された僕は、ゆっくりと歩きながら帰った。

途中、どうしても彼女の言葉が脳裏から離れなくて考え込んでしまった。

どういう意図で口にしたのかは知らないし、僕には関係ないかもしれない。

けれど、『死なせてしまった』――この言葉はあまりにも不謹慎で不気味だった。

家に着いてもご飯を食べても、お風呂に入っていても、彼女のことが脳裏から離れない。

僕は明日の学校に行く準備のために鞄の中を整理した。

そこから出てきたのはひとつの袋。

「そういえば渡せなかったな」

正直なところ、同じものを買っているのだから渡さなくてもいいと思った。

けれどそれ以上に、これを彼女に渡したい気持ちが大きかった。

自分の手で、プレゼントしたい。

僕は一度出した袋を再度鞄の中に、シワにならないようそっと入れた。

それから倒れ込むようにしてベッドに潜る。

その瞬間、糸が切れたように僕の意識は微睡《まどろ》みの中へと落ちていった。

アラームの音で目が覚めた。

どうやら今日の天気は晴れ模様らしい。僕はカーテンの隙間から入ってくる光を見たあと、ギシッという音と共にベッドから出た。

晴れの天気とは裏腹に、僕はいい目覚めとは言えなくて、体が重く感じた。

眠れなかったのもまた事実。夜中に何度も起きてしまったせいで寝不足気味だった。

そのせいか、頭がクラクラして視界がゆがむ。

この感覚は小学生のころに四十度近くの熱を出しときと同じだ。

これはやばいと直観的に感じた。

急いでベッドに横になろうとしたけれど、気づいたときには床に伏せていた。

倒れる音がしたのか、キッチンで朝食を作っていたであろう母が僕の部屋へと駆け込んできた。

そして、「大丈夫？　ものすごい音がしたけど」そう言うや否や、こちらへと駆け寄ってきて僕をベッドに運んだ。

だんだん意識が朦朧《もうろう》として、息がしづらくなっていく。

あぁやばい、おちる。

そう思った途端、徐々に重くなった瞼《まぶた》が閉じていき、視界がシャットダウンされた。

夢を見た。

ひとりの少年が、なにかに向かって懸命に腕を伸ばしている。

その先にあるのはかわいらしいリボンや洋服。

主に女の子が用いるようなもの。

その少年は目をキラキラさせながら、あと一歩という歯痒い距離に詰め寄ろうしている。

そしてやっとの思いで服の端を握りしめた瞬間、地面が崩れるようにして、少年は暗く黒い奈落へ落ちていった。

衝撃を受け、目が覚めた。

気づけば額にはうっすらと汗が浮かんでいた。

時刻は十一時十六分。

僕は寝ぼけ眼《まなこ》を擦りながら辺りを見回す。

すると机の上に置き手紙があるのを視界に捉えた。

【仕事に行ってきます。冷蔵庫にご飯があるから食べてね】

母からのメッセージだった。

両親は共働きで、父に関しては会えない日もあった。

忙しいのは分かっていたし、僕を愛してくれていたのも伝わってきた。

だから、寂しいなんて言葉は吐いたことがなかったし、『かわいいものが好き』なんて言ったことも一度もない。

自分は他の人とはズレているのだと、心の中で理解していた。

そんなことで両親を困らせたくなかった。


今となってはなんとも思わなくなったひとりでの食事。

僕は冷蔵庫の中にあったサラダを手に取り、ダイニングテーブルに座った。そうしてサラダをゆっくりゆっくり、噛んで飲み込んだ。

風邪のせいだろうか。今はいつもより孤独感が増している気がする。

自分が生きたいと思う道が、なぜこんなに進みにくく、辛いものなのだろうか。

あぁ、もう……。

「あーかーさーきー！」

家の外から僕を呼ぶ声が聞こえた。

この声は、いやまさか。だって、彼女は今、学校なのだから。ここにいるはずがない。

ということは僕の幻聴かなにかだろうか。あるいは風邪の症状か。

しかし、そうとなれば相当思い詰めていたのだろう。

そう自己解決をして、僕はお皿を台所の水につけた。

「あれ？　いないのー？」

先ほどよりもはっきりと聞こえる声。

気がつけば僕は玄関の扉を開けていた。

「おっ、やっと出た」

そこには制服姿の一ノ瀬が立っていた。

「なん、でいるの」

「赤崎が心配で早退してきた！」

「はぁ？　そんなんで……」

「それと、昨日のこと謝らないとなと思って」

──昨日のこと。

恐らく公園にいたとき、涙を流してしまったことだろう。

僕がなにか気に障るようなことを言ってしまったのかもしれない。謝るべきは僕だと思っていた。

彼女は笑顔を絶やしはしないが、どこか気まずそうに目線を泳がせていた。

「とりあえず、家上がって」

僕は手招きをして家の中へと促した。

男女ふたりがひとつ屋根の下、そんなシチュエーションだからか変に緊張してしまう。

いいや、これは風邪のせいにしよう。

またもや風邪のせいにして、思わず苦笑いをしてしまう。

とりあえずリビングのソファーを指さして「座って」と言ったあと、僕は冷蔵庫を漁《あさ》る。

「風邪大丈夫?」

「まぁなんとか」

「よかった」

僕は持ってきたお茶を彼女の前のテーブルに置いた。

彼女は「ありがとう」と、コップのお茶をひと口飲んだ。

少し距離をあけて一ノ瀬の隣に座る。彼女のほうを見ると彼女もまたこちらを見ていた。驚いて目線を外した。

そんな動作ですら、僕は緊張してしまう。右手を胸に当てて鼓動を確認する。

規則正しいとはいえない鼓動が手に伝わって、余計に音が速くなる。

あれ、どうして僕は今緊張しているのだろう。ただのクラスメイトなのに。

時計の針の音だけが流れる。沈黙とは、どうも慣れないものだ。

僕から言い出そうか、それとも彼女の言葉を待とうか。そう葛藤しているうちに、彼女の口から謝罪がこぼれた。

「昨日は、ごめん」

「いやっ、僕のほうこそごめん」

なにに対して謝っているのか明確ではないが、泣かせてしまったのは事実なのでこちらも謝罪を口にする。

「ううん、赤崎は悪くないよ」

自嘲気味に笑う彼女は弱々しく、今にも消えてしまいそうな雰囲気を漂わせていた。

「今聞くのは、ずるいかもしれないけど昨日の言葉って……」

――死なせてしまってごめん。

この言葉の意図は僕には分からないし、僕には関係ないかもしれない。

けれど彼女を前にして居てもたってもいられなくなった。

彼女は、「気になるよね」と呟いたあと僕の目をじっと見つめて、制服のポケットから一枚の写真を取り出した。

「私ね、お兄ちゃんがいたんだ」

写真に写っていたのは、幼少期の一ノ瀬と、ひとりの男の子。

ふたりはとてもいい笑顔で、仲のよさが伝わってくる。

「これが、一ノ瀬のお兄さん？」

「そう、似てるでしょ」

よく見てみると、目元や笑った口元が今の一ノ瀬と瓜ふたつだ。双子と言われても
さほど違和感がないくらいに。

「この写真のお兄ちゃん、メイクしてるの」

「へぇ、だいぶ若く見えるけど、何歳なの？」

「このときは十四歳だったかな」

そういえば僕が初めてメイク道具に手を出したのも十四歳だったか。

なんだか懐かしく思えてくすぐったかった。

けれど、目の前にいる彼女の瞳は笑っていない。

『どうしたの？』

そう聞こうとしたときには彼女は次の言葉を発していた。

「でもね、私が中学生のときに、自殺したの」

自分で息を呑むのが分かった。

頭がぼうっとするのに対し、目は彼女を捉えるのに必死で。

この子から目を離してはいけない。そんな使命が頭の中でよぎった。

「お兄ちゃんは、自分の心と体の性別が一致しないことに悩んでいたの」

「………」

僕の悩みと似ている。

ひとつひとつ苦しそうに吐く彼女は、なにかを懐かしむような瞳をしていた。

「私は、ずっとお兄ちゃんのこと応援してた。両親もなにも言わなかった。なにか言いたげな表情だったけれど、それでもお兄ちゃんを責めることはなかったの。まあ、助けることもしなかったけど。だけど、お兄ちゃんが死んでしまって、お母さんが言ったの」

言葉を発するにつれ、彼女の体が小刻みに震えてくるのが分かる。

彼女の両親はおそらく、理解しがたかったのだろう。男なのに、という常識にとらわれて。

「──華織は普通に生きてほしいって」

「……普通、か」

精一杯息を吸って、精一杯言葉を絞り出す彼女は……気づいてなかったのだろう。その濁りのない綺麗な瞳から涙が流れ落ちていることを。

「普通ってなに？　そう思ったよ。お兄ちゃんにとってあれが普通だったのに。まるで、お兄ちゃんがおかしかった、みたいな風に言うんだもん。だけど、お母さんにそう言われたとき、なにも言えなかった。ただただ、お母さんと抱きしめ合って、瞼を閉じただけだった」

彼女の膝の上に置いてあった手は、いつの間にか拳《こぶし》へと変化していた。

強く握りしめているせいか、手が赤くなり、藍色のスカートにシワができている。

僕は彼女の手を取り、言ったんだ。

「大丈夫」

無責任で、どうしようもない言葉。

なにに対してか、なんて分からないけど、なにか言ってあげないと、そう必死だった。

けれど、彼女のような人を前にして僕が平常心でいられるわけがなかった。

ごめん、一ノ瀬。

僕はひとりの女の子すら笑顔にできない。

短すぎる期間で、彼女はどうしようもなく健気なことが分かった。

なにがどうなっても自分を責めてしまう性格。

今も自分のせいにしてしまっている。

僕は彼女を救う方法なんて分からないし、どう声をかけていいのかすら迷っている。

だけど、これだけは信じてほしいんだ。

「僕は、君の、一ノ瀬の味方だ。だから安心して話してほしい」

「……ありがとう」

僕の言葉を受けて話す勇気が湧いてくれたのか彼女は震えが収まり、落ち着きを戻した。

「えっと、それでね、あのリップの色、私が初めてお兄ちゃんにプレゼントしたものなの」

いつもの声のトーンに戻っていく彼女。

「それであのときのお兄ちゃんの笑顔を思い出しちゃって、泣いたの。変に思い詰めちゃってたらごめんね」

えへへ、とはにかむ彼女は先ほどとは打って変わって雰囲気が明るくなった。

「ねぇ、赤崎、ひとつ聞いてもいい？」

少し口角を上げながら優しい瞳をして僕に問う。

僕の正面に座り直して改めて聞くものだから、謎の緊張が体中に伝わっていく。

僕はコク、と無言で頷いた。

「赤崎はさ、手術したい？」

「手術、か」

あの講演会のあと、手術のことが気になって、何度か調べたことがある。でもそのたびに、自分が追い求めている理想像とは違うと納得ができないでいた。

僕は、ただ自分らしく生きたいから。

「僕は手術を受けたいとは思わない」

「……そっか、理由、聞いてもいい？」

「自分らしく、生きたいんだ」

手術を受ける人が、自分らしく生きてないとかそういうことじゃないけれど。

僕はこの体が嫌いじゃない。

自分の一人称、性格、服。全部、好きだから。僕はありのままの姿で人生を謳歌《おうか》したい。

「なんていうか、言葉で表すのは難しいんだけど、君が、一ノ瀬が僕のために出かけてくれたのが嬉しかった」

今の言葉は本音だ。僕は一人ではコスメ店に入りずらい思っている。だから一ノ瀬に行こうと言われて、心の底では舞い上がっていた。女の子と入店するのは違和感がないだろうし、僕を理解してくれている人と出かけるのは初めてで、嬉しかったから。

「赤崎を初めて見たとき、この子はほっとけないって思ったんだよ」

一ノ瀬は天井を仰いだ。

「自分という性別で僕は、この先を生きていきたい」

「まっすぐだなぁ」

口を開ければ、本音がポロポロこぼれていく。

親にすら話したことのない内容。あれほど人に話すのを怖がっていた自分が、どうして一ノ瀬には話せるのか不思議だ。

僕は苦しんだ。苦しんだから今の自分がいる。

真っ白な空間にひとり、閉じ込められていた。これからもずっと閉じこもっと生きていくと思っていた。だけど、その空間に色がついて、それがいい方向に進んでいると感じる。

——好きな姿になる。

一度は諦めかけたその夢を再び目指し始めたあの日から僕は偽るのをやめた。

張りつめていた思いが息を吐くように言葉になって、声が震えだす。

真っ黒なテレビに映った自分の顔は、声とは裏腹に口角が微妙に上がり、瞳には強い覚悟が感じられた。自分の顔じゃないみたいに。

「赤崎はかっこいいなぁ」

「一ノ瀬も充分かっこいいよ、人のためになにかをできるのはね」

「私は、かっこよくなんかないよ。お兄ちゃんだって、結局……」

「一ノ瀬のせいじゃない、お兄さん頑張ったんだろう？」

「……うん、そうだね。私がこんなんじゃ、お兄ちゃん心配だよね」

よし！と彼女は自分の頬を両手で叩《たた》いた。静まり返った部屋にパチンッと音が響く。

「あ、そうだ！」

思い出したように彼女はもうひとつのポケットから淡いピンク色のリップを取り出し。

「はい、どうぞ！」

それを見た僕は急いで立ち上がって、机の上に置いてあったリップを手に取った。

「交換、ね」

「ふふ、なんか変なのー」

交換したリップは、同じはずなのに僕が買ったものとはどこか違っていた。

「塗ってあげよっか？」

「はぁ？　やめてよ、自分で塗るから」

「つれないなぁ」

いたずらっ子のような笑みを浮かべた彼女は、とても、とても……。

「かわいいな」

「知ってるー、私かわいい、よ……」

目の前の彼女の顔がどんどんピンク色に染まっていく。

あれ、今僕、なに言ってんだ。

「バカ！　なんで今!?　てか早くリップ塗ってよ！」

今にも沸騰しそうな彼女。照れ隠しなのか僕の肩を強く叩いた。そしてリップを持った僕の右手を掴《つか》み、僕の唇に無理やりつける。

「はいはい、写真撮るよ！」

「なんで写真撮るの」

「オソロ写真！　いいでしょ別に！」

僕は彼女に促され、スマホのカメラを見つめて笑った。

横に座っている彼女はいまだ顔を染めながらピースしている様子。

こんな感情になったのは、こんなに胸が締めつけられるのは、生まれて初めてな気がする。

自分を諦めかけたときの苦しさとはまた違ったなにかが、僕の中で蠢《うごめ》いている。

彼女のスマホの中に取り込まれた写真を見せてもらうと、唇にのっているラメがキラキラと光っていた。

そして僕の顔も赤く染まっていた。手を頬に当てるとたしかに熱い。

自覚した直後、グラリと視界が回転した。

僕の体はソファに沈んだ。

「はは、大丈夫だよ、ちょっと目眩《めまい》が……」

「あ、そういえば赤崎ってば風邪ひいてたんだもんね」

「……なるほどそのせいか」

一ノ瀬に言われるまで風邪をひいていたことをすっかり忘れていた。

それほどまでに彼女といる時間が大切だったのだろう。

でも、胸が締めつけられるのは風邪のせいだけなのだろうか。

そう考えると同時に、ふぅ、と安堵《あんど》の息を漏らす。

「赤崎、ありがとう」

「こちらこそありがとう、華織」

彼女の顔が少し赤く染まる。

「ちょっと、下の名前はずるくない？　椿！」

「よく知ってるね、名前」

「あったりまえじゃん！　クラス全員覚えてるもん」

「そりゃすごいな」

数秒の沈黙。

それだけなのにどうしてかとても長い時間だと錯覚してしまう。

「ねぇ、椿」

「なぁに」

「私ね、椿に話せてよかった。椿に出会えてよかったよ」

「それはもちろん僕もだ」

清々しいほどいい笑顔の彼女をこれからも見てみたい。

本気でそう思った瞬間だった。

「ありがとう」


——少しだけ息がしやすくなった気がした。

@空白の君へ

夏代 灯

どこにいても、なにをしていても、いつもどこか息苦しい。

——こんな自分のことが大嫌いだ。

チャイムが鳴ったと同時にガタガタと椅子を鳴らしながら、みんなが慌てて席に着く。

座ってその音を右耳で聞きながら、知らぬ間に小さなため息が漏れる。

二分前に座るだけなのになんでこんなにできないの？

なんでみんなあんなに時計を見ないの？

何度目か分からない疑問をぎゅっと胸の中にねじ込む。

「お前ら早く座れー！　授業始まってるぞー！」

数学の先生が少し遅れて教室に入ってくる。分厚いプリントの束を抱えているあたり、今日も発展問題を詰め込んだものをやらされるのだろう。

嫌な気持ちと戦いながらも、授業のノートを開き、今日の日付を書き込もうとシャーペンを握る。

「おい滝采《たきさい》！　いつまで立ってるんだ、お前は早く座れ！」

「はいはーい！　分かってるって先生～！」

そんな会話を聞いて、名前を呼ばれた男子、滝采琥珀《こはく》を見てみる。

彼はヘラヘラと笑いながら小走りで自分の席に戻っていった。

と思ったのだが、ガンッという音がして、再びその方向に顔が吸い込まれる。

滝采琥珀がある男子の机にぶつかったようだった。

当たられた男子は彼になにか言っている。

それに対して、滝采琥珀はまたヘラヘラとした明るい笑顔で手を合わせて謝っている。

その笑顔に眉がぴくりと動き、お腹の中がぐずぐずとかき乱される。

なにあれ。自分のせいで授業を止めてること分かってないの？　それとも、止めることを悪いと思ってないわけ？

なんとも言えないお腹の感覚に気持ち悪さを覚えつつ、委員長の号令を聞いて今日の一限目が始まった。

机につきそうなほどの近さでプリントを見ている滝采琥珀を見て、再び胃の中がぐるぐるとしてくる。

目が悪いなら眼鏡でもすればいいのに。

そう思ってから心の中で密かに反省した。胃の中の変な感覚にイライラしてしまっていたとはいえ、これはただの八つ当たりだ。

こんなことをしてしまう自分に、またお腹の中で正体不明のなにかが暴れだした。

『太陽みたいな滝采琥珀が、私は苦手だ』

真っ白なノートの一行目にサラサラと書く。

人に嫌われないように周りの様子をうかがう私と、周りの迷惑を顧みない滝采。

人生が楽しいことでいっぱいな彼が私は苦手だ。

そして、何事もなかったかのようにその一行を消し、プリントの問題を解き始める。

自称進学校のこの学校の発展問題プリント集は、学校の偏差値には似合わない高いレベルの問題ばかりが集められている。

大して勉強ができるわけでもないのにできるように振る舞っている、そんな優等生もどきの私には難しすぎて、おのずとノートは空欄だらけになり、すかすかだった。

これは家で捨てよう。

ノートからびりびりと破いて切り離し、無地のクリアファイルに突っ込んだ。

次のページを開き、わけも分からない公式を用いた解説を、隙間なく黒一色で写していると、気がつけば授業は終わっていた。

そうして、あっという間に六限目の始まりを告げるチャイムが鳴る。

あと一時間で帰れるという中での総合的な学習の時間というのは、頭を使わなくていいため楽ではあるが本当に面倒くさい。

高校生にもなって、将来の夢というテーマで作文を書くなんて滅相ごめんだ。

面倒くさい進路の話が始まってしまうから、絶対に口には出さないけれど、今のこの作文が将来何の役に立つのか教えて欲しい。

一生懸命に作文用紙と向き合っていて偉いな。

周りの席の子たちを見て多少の尊敬の眼差しを向ける。

席の近い四人で構成される、席替えで適当に決まったはずの班は、みんな真面目で頭のいい子が多く、他の子たちがしゃべっている中でも各々《おのおの》静かに書き進めている。

そんな中でひとり、シャーペンを握っているだけの私は他から見ると浮いているのかな。

手元の原稿用紙は題名の欄を空けて、二行目に自分の名前——春露《はるつゆ》希望《ひかり》と書いてあるだけ。

私の班は、全員が名門大学の医学部を志望しているところから優等生班と言われている。そんな私が別のことを書いたら、さぞみんな驚くだろうか。

だけど結局、私は『医学部に行って医者になる』としか書けない。

私はこれ以外の道を知らないのだ。

それなのに、どうして私は書き慣れたはずのこのテーマで、作文を書く手が止まっているのだろう。

「滝采お前なんだよ、タイトル『太陽になりたい』って！」

私たちの少し離れた班のひとりが、滝采の原稿用紙を見ながらぎゃははと笑う。笑われた本人も一緒に笑っている。

太陽になりたい。そんなこと、考えたこともなかった。

そんなことが言える彼にふと嫉妬の念を覚えてしまう。

真っ白なシャーペンを持ち、空白の原稿用紙を見つめる。

『太陽になりたい』

二年　春露希望

私は医学部に行くと決めている。そんな私が太陽になりたいなんて言うとおかしいだろうか。

太陽になんかなれるはずもない。人の心を温められるとか、人を明るくできるとか、そんな比喩《ひゆ》でもなんでもなく私は太陽になれない。

月というものを知っているだろうか。月の自転する速さと公転する速さが等しいため、地球に住む私たちからはうさぎが餅つきをしているきれいな面しか見えない。私たちは月の裏側に行かない限り、月の裏側を見ることができないのだ。月の裏側が気になって、本当に月に行ける人はどれくらいいるだろう。そもそもそんなことに興味を持たない人のほうが過半数だ。私を月に例えるとすると、地球から見える面は、普段みんなと接している面。月の裏側の面は――

「春露書くのはぇー！」

そう言ってひょっこりと私の原稿用紙を覗《のぞ》き込む気配を感じた。

声だけで誰だか分かった私は、とっさに作文の題名を手で覆い隠して顔を上げる。

大きいけれど少しツリ目で微妙に不透明な琥珀色の瞳、あまり高くなさそうに見える身長に、寝癖《ねぐせ》のついた髪の毛。頭で思い描いていた通りの滝采琥珀の姿にため息が漏れそうになる。

私より班の他の子たちのほうが早いっていうのになんでわざわざ私に言うの？　嫌がらせ？

それに、いつも話さないのになんで今に限って話しかけてくるわけ？

「私より班の子たちのほうが断然早いよ。私もまだ一枚目だし……」

思っていることと口に出すことはだいぶ異なってくる。

思っていることははち切れそうなくらいあるのに、口に出すのは私の言葉じゃないみたいな知らない感情。

「いーや、春露がいちばん早いね」

そんなことないのくらい見れば分かるでしょ。

当てつけかなにかなの？　今すぐにでもどこかに行ってほしい。

滝采の太陽は私には眩しすぎる。

是が非でも引かない彼に小さな苛立《いらだ》ちを覚えながら、それでもそれを表に出せるほど強くない私は平凡な返事でごまかす。

「お世辞でもそんなこと言ってくれてありがと」

「いや、お世辞なんかじゃない。その作文は、誰よりも早く――」

「滝采なにしてんだよー！　これ書き終わらないと課題だって！　早くやるぞー！」

一瞬の静けさのあと、彼は元気に「おう！」と返事をして友人のもとに行ってしまった。

彼がなにを言おうとしていたのか、私には分からない。

作文用紙を見直して、消しゴムですべて消す。

私の埋める文章ではちゃんと作文の空白は埋まらない。

だってこれは、私の書くべき文章ではないから。

『人を救うために医者になる』

同じ班のみんなは、もう原稿用紙の四枚目に取りかかっていた。

私と彼らの思いの強さの差がここでも顕著《けんちょ》に表れてしまう。

私がとりあえず埋めるだけの文章は、誰の心にも届かない。

どれだけ原稿用紙のマス目を埋めても、結局私は空白なままだ。

「ねぇ希望ちゃん、これからクラスのみんなで打ち上げに行くんだけど、希望ちゃんも来る？」

あぁ、この間の文化祭と体育祭のものか。

今日は特に予定もないし、クラスと人たちとの集まりにもあんまり参加できてないから行こうかな。でも一応親にも聞いておこう。

「うん。よければ行きたいな。親に聞いてみるから少し待ってくれない？　多分すぐ返信来るから」

「えっ？　うん……」

ふたりがお互いの顔を見合っていて、わざわざ親にそんなこと聞くの、と思っているのが読み取れる。

ポケットからスマホを取り出して、母親にメッセージを送る。

【今日、クラスのみんなで打ち上げをするらしいので、私も行っていいですか？】

【いいけど、何時ごろまで？】

何時ごろまでだろう。分からないけど遅くなるだろうな。

【分かりませんが、遅くなると思います】

【遅くなるではなく何時かの目安がいります。誰かに聞いてみて】

威圧的な返信に顔が引きつる。

そんなに事細かく決められないに決まってるでしょ。

「終わりって何時くらいとかの考えってある？」

「えっ？　あーっと、いい具合になったらかなー？」

「うん。これといって何時に帰るみたいなのはないかな。途中で抜けるのは別に気にしないから全然ありだよ」

「そっか。じゃあ行くなら途中抜けさせてもらおうかな」

【これといって決まった時間はないらしいですが、途中で帰るのも大丈夫だそうです】

【だとしたら行かせられません】

は？　わざわざ途中抜けオッケーっていう情報まで言ったのになんで？

【途中抜けは相手への印象が悪いです。それに時間の目安がないのなら勉強時間にぶれが生じます】

なにそれ。どれだけ遅い時間に帰ってきたって勉強させてるじゃん。

早く帰ってきても遅く帰ってきても同じでしょ。

そう思い、胃に締めつけられるような痛みと、何者かが暴れ回っているかのような不快感が訪れる。

【でも、友達は全然気にしないと言っているので遅くならないうちに帰るようにします】

【希望、勉強は大丈夫なの？　そんな中途半端に参加なんてしたら、勉強中も気になって身が入らないでしょう。お母さんたちもわざわざ希望に合わせて生活してるんだから、自分勝手なことは言わないでちょうだい】

自分勝手？　これだけ勉強もして、こうやってわざわざ連絡もして、言うことも聞いているのに？

私からすればなにひとつ自分勝手じゃない。

いつもいつも、いろいろななにかに縛られて生活している感じがする。

まるで鳥籠《とりかご》に入れられているような気分。大学は親が決めたところを目指して、新しく学んだ言葉を復唱して何度も頭に叩《たた》き込む。

学校に行って、自由だと思ったら〝優等生〟の檻《おり》に自ら入る。

私は狭い鳥籠に囚《とら》われているのかもしれない。

「えっと、希望ちゃん、結局どうする？」

「あっ、ごめん。お母さんに勉強しなさいって言われちゃったから、また別のときに行かせてもらうね」

「そっか、そうだよね。希望ちゃん難関大学志望だもん。ごめんね、勉強の邪魔になるようなこと言っちゃって」

「柏木《かしわぎ》さんが謝ることじゃないよ。私こそごめんね」

なんで私の意思で行くことができないんだろう。

どうして私に自由はないんだろう。

「希望ちゃんってなんか、あれだね。お母さんの言いなりになってるっていうか、お母さんに決めてもらわないとなにもできないみたいな」

離れたところで柏木さんが漏らした言葉は、一直線に私の耳に届いてきた。

うるさい。

私はなにもできないんじゃない。言いなりになってるわけじゃない。

「ね。正直、行っていいかとかわざわざ聞くもの？って思っちゃった」

私だってわざわざ聞きたくない。

でも聞かないとあとで怒られるのは目に見えているから聞くだけ。

母親に連絡するため、再びスマホを取り出す。

指紋がついて少し霞《かす》んだ画面に映る自分の瞳に光は見えなかった。

【ごめんなさい。課題がたくさん出ていたことを思い出したので、今日はやめておくことにしました】

【そう。希望が考え直してくれたのならよかった】

私が我慢する意味はなんなのだろう。

【でも、私は打ち上げに行きたかった。なんで私ばっかり我慢してないといけないの】

そう入力した文章を見返してため息をつく。

右上のほうにある削除ボタンを長押ししてなにもなかったことにした。

結局私は、思ったことを知らないふりして、目の前にある真っ暗な現実から逃避して、真っ白で明るいほうを見てしまっている。

私は、知らないふりという空白で自分を守っているのだ。

好きな作家の本が映画化するらしい。

十代女子にいちばん人気と言われている作家さんで、個人的にはそうやって言われるよりも前から推していたと思う。

恋愛小説だけれど、シーンごとに毎回繊細な描写がされていて、想像するだけでも美しい光景に心が惹《ひ》かれた。

そんな繊細な言葉遣いで紡がれたセリフや地の文は、登場人物をキラキラと引き立てていて、一度ページをめくると一気に読み切ってしまう魔法がかかっている。

映画自体はまだ半年ほど先だけれど、情報はもう公開されている。

すぐに情報を仕入れられるようにSNSを始めてみたけれど、見る専門のアカウントだから、特になにも投稿していない。

とりあえず作家と映画の公式アカウントをフォローしておいた。

いいねを押して流してを繰り返して画面を消す。

一日三十分の利用時間制限は多めに残しておかないと、もしものときに困るから大変だ。

「杉中《すぎなか》さんはここのスライドと発表の担当だから、ここ任せてもいいかな?」

各班で各々の気になったことをノージャンルで研究し、発表するという授業。

いつも通りの四人班だったら、頭がよくておとなしい子たちばかりだからよかったものを、先生が『今回はいつもと違ったやり方で班を分けようと思います』なんて言うから嫌な予感がした。

案の定、一から十二の数字が書かれた紙が入ってある箱の中からそれぞれが紙を引き、同じ数字を引いた三人でグループになることになってしまった。そして運が悪いのか、神様が仕組んだのか分からないが、班員はとてもいいとは言えなかった。

私、杉中さん、そして滝采琥珀の三人。

杉中さんは自分勝手な面が強く、自分のやりたくないことは嫌だと言ってやらないタイプ。

滝采はマイペースで、周りがどう思っているかなんか気にせず自分のやりたいことをやっているイメージがある。

杉中さんとは去年のクラスが同じだった。当時まだ難関大学を目指していなかった私は、ほぼ毎週遊びに誘われていたし、休み時間もけっこう話をしていた。

しかし、波長が絶妙に合っておらず、今のような関係になっている。

そして今、杉中さんはお得意の自分勝手を発動して、私がなにを頼んでも面倒くさいと言ってなにもしてくれない。

なにもせずにいて気まずくないの？

「菜那《なな》、今日なんか雰囲気違うくない？」

杉中さんと仲のいい女子が、調べ学習の時間にも関わらずおしゃべりをしに来た。

「なにそれ？　なんにも変えてないけど」

「えー！　うっそだー！」

「ほんとだって。毎日なんか変えるとかめんどくさいし。毎日髪型変えてる華《はな》のことバカなのって思うし」

「あはは っ、やっぱ菜那最強だわ」

それなのに、私よりも友達は多くて、毒舌なのにみんなに好かれてて。

私はどれだけ他人に好かれようとしても誰かからいちばん好かれることなんかないのに、杉中さんはいとも簡単に手に入れている。

なんかやだな。

「はい。そんな今日のかわいい菜那ピース」

「それまた上げるの?」

「まぁね」

SNSに投稿なんかして、なにになるんだろう。自分の顔を偽って、周りの迷惑も省みず写真を撮る。個人情報だっていつ漏れるか分からないのに。

ふと自分のSNSのアカウントを開く。

匿名性の高いSNSという場所は、いろいろな人のいろいろな思いであふれている。

タイムラインではたくさんの人がハッシュタグをつけて情報を広めたり、一日の感想を投稿したりしている。

でも、そのほとんどが誰の目にも止まらず流れて行くのだ。

ここでなら気持ちを吐き出したって誰も見ていないし、見ていたとしてもその人は私のことなんか知らないただの他人。

投稿をたまたま見た人が、その投稿をした人のことを気になると思わない限り、ごまんとある日常についての投稿なんて気にも留めないだろう。

それなら、私が投稿したってどうせ誰にも気づかれないよね。


【自分がどれだけ努力したって友達に好かれないのに、自分勝手で自己中心的な子は好かれる現象なに？】

気がつけば、ＳＮＳに投稿していた。


「希望、もうすぐテストがあるわよね？　ちゃんと勉強してるの？」

ノックもなく扉が開く。

痛みきった少し長めの髪の毛を、ダラリと下げた母親が入ってくる。

中を見回してから、横になってスマホをいじっている私を見て嫌みったらしい言葉を投げてくる。

「そうやってスマホばっかり見てるから成績が悪いんでしょう？　それに、最近帰ってくる時間の連絡が遅いわよ。お母さんたちもあなたにわざわざ合わせて仕事してるんだから自分勝手にしないでちょうだい」

スマホをたまたま触ってるときに入ってきただけなのに、スマホばっかりってなに？

曖昧《あいまい》な連絡をしたらそっちが怒るから、時間の目処が立ったら連絡してるだけ。私が全部自分の好きなことばかりしてると思ってるの？

「ごめんなさい……」

でも、どれだけ心の中で反論しても、実際言葉にすることはできない。

反射的にうつむき、顔を見ないように、見られないようにする。

顔を見ないでいると、この苛立ちを少し抑えられるような気がするから。

私がここで反論して、いい子で真っ白な自分を汚すと、私の居場所はなくなる。

それに、どうせ抗ってもなにも意味はないだろうから。

勉強、勉強、勉強、勉強、勉強。

時間、時間、時間、時間、時間。

あぁ、息が詰まるな。

「とりあえず、今回の試験で最低でもA判定はとるのよ」

母親の顔を横目で見て、苛立ちがまたぶり返す。

この化粧で彩られた顔に水をかけて、ぐちゃぐちゃにしたい。

そんなことができたらどれほど気持ちがいいだろう。

カチャリと扉が閉まる音をうつむきながら聞き、足音が遠ざかってからやっと顔を上げた。

どうしたらいいんだろう。どうしたらこの気持ちを抑え込めるのかな。

ブーブーとベッドに置いたスマホが震える。

見てみると、ついこの間の投稿へのいいね通知だった。

「こんなくだらないの見てる人いるんだ……」

反応があるとは思っていなかったため、驚きの声が漏れる。

SNSを開けば、数人からのいいねとコメントがついていた。

【分かります。相手に頼まれたことだってしてるし、気分を害さないように気を付けてもいるのに、みんなから好かれてるのは毒舌リーダー】

【それなすぎる。こっちの努力全部かき消すかのように腹の立つ言葉使って、なんで気を遣ってた私がみんなから妬《ねた》まれて、遣ってない子は素直とか言われてるの？ってなる】

【主様と同じです。最近の言葉にできないようなモヤモヤした気持ちとイライラした気持ちを言葉にしてくれたような感覚です】

三つだけだけれど、それぞれが思いの丈をコメントして、かつ私の内容に共感してくれている。

私の気持ちはみんなが持っているもので、私がこうやって文章にすることで、助かっている人もいるんだ。

このコメントしてくれた人たち、フォローもしてくれてる。

今投稿したら見てくれるだろうかという思いが、さらなる投稿を生んでしまった。

【たったの三十分しか使えないスマホを少し触ってただけでスマホの触りすぎっておかしくない？　塾までの送迎だって、自分もできるだけそっちの時間の都合を考えて頼んでるのに、そんなことも知らないで自分勝手とか言ってるのほんと腹立つ。そっちだって自分勝手に自分の意見を押し付けてるだけじゃん】

投稿ボタンをタップするのに躊躇《ちゅうちょ》が少し減った気がする。

投稿すると、すぐにひとつ目の投稿にコメントをくれた人からいいねとコメントが来た。

そのコメントを見ようと思ったところでスマホが暗転した。おそらく三十分使い切ったのだろう。

芽生え始めた小さな承認欲求を、少しの共感コメントが心の瓶の外堀だけ埋めていく。

なお、中の瓶が埋められていく感じはしていない。

結局空っぽということだろう。

テストの結果は思っているよりも散々だった。

「春露、今回のテストどうした？　体調でも悪かったのか？」

「いえ、そういうわけでは……」

「この学力のままだったら志望大学に受かるか危ういぞ。まぁでも春露なら大丈夫だな」

「はい……」

進路担当の先生と別れてから、不安と苛立ちをねじ込むために深呼吸する。

一拍置き、ポケットからスマホを取り出す。

手に取れる、目に見える場所にあるスマホは集中力を削ぐと言うけれど、これがあると安心する。

最近になってSNSに日々の苛立ちを投稿することが多くなった気がする。

【うちの親も勉強の話より時間の話のほうがうるさいです。それでも頑張ってるホタルさんはすごくすごいと思います！】

【ホタルさんも自分のペースでいいんですよ、無理しないでくださいね】

温かいコメントを見ると、やっぱり居場所はここなんだと思わされるから不思議だ。

ユーザーネームの〝ホタル〟という名前は、自分の名前の〝ひかり〟から連想した。

本名ではないのに、こうやって呼んでもらえると嬉《うれ》しくなるのはなぜだろう。

やっぱり私の居場所は、報告を強制させられる家でも、優等生を振る舞う学校でもなく、ここなんだと錯覚してしまう。

【進路担当の先生、テストの結果がいつもより悪かっただけで呼び出して。それなのにお前なら大丈夫だなってなに？　なんのために呼び出したの？】

文章を打って推敲《すいこう》する間もなく、ノールックで投稿の文字を押す。

すぐにつくコメントに、口角が緩やかに上がる。

コメントを開けようとすると、かすかに足音が聞こえてきて、さっとスマホを見られないようにする。

なんでわざわざ隠してるんだろう。

「あれ、誰……？」

呟くような声色に反応して、声のした方向を向く。

訝《いぶか》しげにこちらを睨《にら》みながら歩いてくる人影は、徐々に誰だか判別できるようになってきた。

少しだけぴょんと跳ねた髪の毛に、どことなく整った顔立ち――滝采琥珀だった。

嫌な奴に会ってしまったと思ったと同時に、彼への違和感を覚える。

太陽のオーラを感じない。

私の中の滝采は、人生が楽しくて仕方がないとでもいうように自分のやりたいことをして、みんなから慕われている。マイナスな言葉なんて、彼の頭の辞書にはない、というイメージがある。

でも今は、人生勝ち組オーラがないと、直感だけど、そう思った。

「春露？」

いつのまに私のことを視認できるほどの距離まで近づいてきたのだろう。

いつもと違う滝采の雰囲気に圧倒されて、包み隠すように持っていたスマホのことを忘れていた。

しまったと思ったころにはもう遅い。

彼は画面を覗き込んで、素朴な疑問をぶつけるかのようにこちらを向く。

「見ず知らずの人から来たコメントって嬉しいの？　実際に言ってもらうほうが嬉しくない？」

あぁほら、太陽は周りの光なんか見えないくらい自分が明るいんだ。

私とは違って、空白が一ミリもないんだ。

「というか、春露もそんなのやるんだな。やっぱちゃんと人間なんだな～」

でも、太陽というものは思っているよりもみんなを包み込んでいるらしい。

責めるでも、嘲《あざけ》るでもない、単なる感想といったような言葉に瞳孔《どうこう》が開く。

「なんとも、思わないの……？」

素直に気になってしまったことを問う。

その問いに、なぜか彼のほうは驚いたような顔をする。

「別になにも思わないだろ。そんなのみんなやってるし。それに、春露も人間なんだから、不満だって溜まるだろ」

なんとでもなくサラリという彼を見て再び目を見開く。

あんなにふざけているのに先生にも友達にも好かれていて、楽しそうな人生だけを送っているような彼なら、『誰にも見られないところで悪口を書くなんて』と言うかと思っていたからだ。

不満という言葉は、彼の口から出るにはあまりにも似合わなすぎる。

「でも、やりすぎはよくない。人の愚痴だって、正直書かないほうがいい。ＳＮＳは瓦礫《がれき》の山だ。それぞれの思いがそこら中にあって、周りのことなんか気にせずに瓦礫を投げ捨てる。いい話も悪い話も全部がいっしょくたにあるんだから。人を恨んだって、なんの得にもならない……」

その言葉を聞いて落胆する。

ＳＮＳに投稿することに対してなにも思わないという言葉は単なる一般論であって、彼自身の気持ちではなかったのだ。

そう分かってしまうと、心の底からぐるぐると違和感が溜まっていく。

「春露だって、こんなことしたって無駄だって分かってるんじゃ――」

「ごめん。私今日勉強しないといけないんだった」

彼の言葉を遮断してそう伝える。

一度口を開くと思ってもないことまで口に出てしまう。

「滝采みたいに、満ち足りた人生送ってる人には、一生この気持ちは分からないよ」

よくある捨てゼリフのようなものを吐いて、その場を走り去った。

私は何をしているんだろう。

滝采に言われたように、こんなことをしたって何も意味がないことくらい分かっている。

私がこうやって見たくない現実から目を背けていることだって分かっている。

それでも、この空白を現実で詰めるのはどことなく嫌だったのだ。

あぁ、イライラする。

命令口調な先生も、自分と違う人を噂《うわさ》する同級生も、周りのことを顧みない人たちも、公共の機関で騒ぎ倒す人たちも、なにも知らないくせに口先だけの親も、全部全部イライラする。

なにかにおいてできていないと思ってしまったとき、先生や親に遠回しに説教をされているとき、すべて壊したくなる。

なにもできない自分に腹が立つ。

なんでこれだけ勉強に時間を費やしているのにこんなにもできないの？

もっと効率のいい方法も思いつかないの？

悪いときには自分の存在価値を見失ってしまう。

なんで私はこうもダメなの？

でも、どれだけ腹が立っても、自分を見失っても、私を認めてくれる場所がある。

そう思うと自然と心は軽くなって、文字しかないはずのSNSに救われたような感覚になる。

ポケットから取り出したスマホは最近になって触る機会が増え、何回か落としてガラスのフィルムが割れてしまった。

でも、どれだけ壊れたとしても、使ってくれる人がいるだけでまだこのスマホにも存在価値があるのだ。

私もいわばヒビの入ったスマートフォンだ。

【理不尽なことで叱られてるときとか、なにかで指摘されたときって無性になにか壊したくなる。じゃあお前はできるのかって思っちゃうんだけど】

多分今日だって、共感コメントを打ってくれる人がいる。

分かりますって私を認めてくれる人がいる。

その人がいる限り、私の存在価値はまだあるのだ。

お昼休み、人気のない廊下の突き当たりで、ゆっくりとSNSを見るのが日課になりつつある。悪い意味で、とても優等生とは思えない。

ピコンと入った通知に表情が緩む。

最近見てくれる人が少しだけだけれど増えてきて、いつもの人以外からのコメントも来るようになった。

この速さだったらいつもの人かな、と予想しながらコメントを開く。

まだ一件しか来ていないコメントをぱっと開いて、答え合わせを始める。

【なにそれ。真面目アピ？　それとも病みアピ？　お前ができてないのが悪いんだろって思うわ。こんな私可哀想って悲劇のヒロインアピもかかさないんだな】

は？　なんなのこのコメント。

心のない冷酷なコメントにさらっと目を通してアプリを閉じ、乱雑にポケットにスマホを突っ込む。

こんなの、気にしなければいいんだ。

ただの戯言《ざれごと》、とりあえず批判して回る人だって世の中にはいるんだ。

そろそろ予鈴が鳴るだろうか。時間を見ようと思い、ポケットからスマホを取り出す。

取り出したスマホの画面は、カタカタと小刻みに揺れていた。

そのとき初めて自分が震えていることに気がつく。

教室に戻らないと。

そう思っているのに体が芯から冷えていく感じがして、床に吸盤でもついているのかと思うほどその場から足が動かない。

もしかしてクラスのみんなも言わないだけで、こうやって人目につかないところに来てまでスマホを見る私を、病みアピールしていると思っているのだろうか。

隙間時間があるたびにノートを開け、自分では到底解けもしない問題集を解いている風を装い、先生のもとに質問しに行く私は、真面目アピールしているように見えるのだろうか。

一度そう思ってしまうと、教室に帰るのがより怖くなって、ここから動けなくなる。

胃が締めつけられるように痛い。

ぐるぐると渦巻いて、体内を正体不明のなにかが暴れる。

痛い、うるさい、気持ち悪い、嫌だ、壊したい、腹が立つ、叩きたい。

いろいろな感情が体の中全身を巡《めぐ》って止まらない。

視界がぐらぐらとして、頑張って培《つちか》ってきた壁がガタガタと壊れる音がする。

　ダメ、消えないで。

　私の貯めたものが、全部真っ白になっていく。

「うぅ……」

　苦しげなうめき声がこぼれてしまい、たったあれだけのコメントにここまで精神を壊されているのだと再認識してしまう。

「春露こんなとこでなにしてんの？」

　静かな声が突き当たりの廊下まで響く。

　あぁ、なんでこういうときに限って、滝采にばかり会うんだろう。

　彼は、大きめの教科書サイズの本を片手に、この間と同じく訝しそうにこちらを見てくる。そして、ゆっくりと歩いてきて、私の目の前で止まる。

　滝采の汚い上靴は、視界の端から微動だにしない。

「早く行かないと遅刻になるよ」

「それはそっちもだろ」

　どうせ返ってくるだろうなと思っていた返事にため息をつく。

　面倒くさい。

「どうせこの間みたいに愚痴書き込んだら批判が来たんだろ」

　そう言い残し、視界に映っていた上靴が消えて足音が響いた。

見捨てられたな。

私も行かないと。

行かないと、いけないかな……？

うるさいクラスと、ぐちゃぐちゃになってしっかり思い出せない教科担任の顔が浮かぶ。

嫌だな。

息が詰まる教室、みんなが本当はなんて思っているのか分からない。

怖い。

チャイムの音が校舎全体に響く。

ついに欠課が出てしまった。しかも無断でなんて、先生になにを言われるだろう。

どうせ内申点がどうこうなるだけの話だ。

勉強をして、真面目に過ごして、いい子を気取って、息が詰まる。

もう、すべて投げ出してやめてしまいたいな。

ゆっくりとしゃがみ込んで、数分だけぼうっと天井を見つめる。

すると、天井の汚れだけが映っていた視界の中心が滝采の顔に占領される。

「ほら、行くぞ」

彼の声が、真っ白で静かな空間を超えて、私の耳に入ってきた。

どこに行くのだろうという小さな期待感を、密かに心の隅で抱いている自分を無視して、訝しげな顔を作る。

「私、授業行かないと」

「そんな状態で行けるなら行けばいいけど、行けないでしょ」

嫌みな言い方にイラッとしたものの、わざわざ教科担任の先生に体調不良だと伝えに行ってくれたらしく、反逆はできない。

立とうと思い地面につけた手を、大人しくゆっくりと解放する。

もう一度、スマホでSNSを開いてみると、チラホラとさっきのアンチコメントに便乗するコメントが来ていた。いつもと同じ人にだけいいねを返す。

「ネットっておもしれーの?」

「別に」

廊下の突き当たりにある、使われていない教室で静寂が充満する。別になにか話さなければいけないわけではないのだけれど、これほどまでに静かだと気まずい。

そう思ってくだらないことに思考を巡らせると、昔杉中さんが見せてくれた滝采の写真を思い出す。

「滝采って中学のころまで眼鏡だったんだね」

「は？　なんでそれ知ってんの？」

杉中さんに本人には言わないでと言われた記憶があるため一応名前は伏せておくことにしたが、目の前の彼は頭をひねらせて考えている。

「いいな」

「なにがだよ」

静かだからなのか彼の優しさからなのか知らないが、小さく漏れた独り言まで全部拾ってくれる。

単なる感想が口をついて出ただけなのに、なにがと聞かれると少し悩むな。

「高校デビュー成功して」

答えとするには腑《ふ》に落ちない返事をする。

中学のころは静かに生活していて、高校になって心機一転といったところだろうか。

「なんにも成功じゃねーよ。失敗だ失敗」

空き教室にはこれといってなにもなく、お互いなにをするでもなく、ただぼーっとそこに座る。

滝采が立って、床に落ちていたルーズリーフを拾う。

「春露は完璧主義すぎるんだよ」

『なにそれ』と言い返そうと思ったが、滝采のあまりにも真剣な横顔に口を開けなくなる。

「春露はドがつくほどの完璧主義者だよ。勉強においても、性格においても。だから周りの行動が気になって、イライラする。怒られると完璧な自分じゃなくなるから壊したくなる。違うか？」

そんなこと、私からはなにも言えない。

「私だって、思いたくてああやって思ってるわけじゃない、だから、分からない……」

「でも、どれだけ思ってても言わないのは春露の優しさだろ」

そうなのだろうか。

「楽しそうにやってる奴らを止めるのは嫌だろ？　だってあんなくだらねーことでもあんだけ笑ってるんだから」

わざわざ言わないのは優しさがあるからなんて、なんて都合のいい話だろう。

私は優しいんじゃない、怖いんだ。

自分が相手になにかを言って自分の立場を失ってしまうのが。

優しいなんていう言葉は、臆病で弱い自分を美化しているだけだ。

「どれだけイライラしても、春露の心の中にある優しさは残ってるんだよ」

そう分かっているのに、いつもみたいな太陽じゃない滝采に言われると、なぜだかそう思ってしまう。

でも、それでも私は。

「でも、私は滝采のことが嫌い。いつも時間通り座らない。ヘラヘラして反省した感じがしないし、なにより、人生勝ち組って感じがして嫌い」

私の唐突な嫌い宣言になにか水を差そうとする滝采を無視して話を続ける。

「でも、今の滝采は許容範囲」

「何様だよ」

そう言って笑う滝采に少し心が軽くなった気がした。

そして、笑いが続いている滝采を見て、私も笑ってしまった。

「春露はさ、嫌なところに目が行きすぎなんだよ。真面目すぎる、真面目バカだよ。だから、もっと楽しかったなとか幸せだなって思え。毎日ひとつずつでもいいから幸せ話を見つけろ。そして毎日話せ」

「なにそれ」

滝采はずっと優しく笑っている。

茶化すでもなんでもなく真剣に向き合ってくれている。

「思うんだけどさ、成功談なんか聞いたってなんになるんだよ。クソ喰らえだ。でも、幸せ話って聞くほうも話すほうも幸せにならねー？　だから、幸せな話なら俺がいくらでも聞いてやる」

空の瓶に少し優しさが埋まった。

朝歩いていてふと気がついたことがある。

銀杏《いちょう》の葉がだんだん散っているということだ。

ついこの間までなにも感じていなかったのに、ふとした瞬間に足元に葉っぱが落ちると嬉しくなるようになった。

前を歩く同い年くらいの女子高生ふたりが、落ちた銀杏を躊躇もなく踏みつける。

クシャリという音と同時に、片方の女の子が口を開く。

「はぁー!? なにそれー! まじ腹立つんだけど! 死ねよ!!」

耳をふさぎたくなるような甲高《かんだか》い声と、少し低い声を多様に使って発せられた言葉は、他人を不快にさせる以外使い道のなさそうなものだった。

【人通りの多い場所で死ねとか叫ぶ人、周りのこと気にしてなさすぎる。他人がどう思うかとかなにも考えてないわけ? でも、すごいきれいな形の銀杏の葉っぱが目の前に落ちてきて、少しラッキーだったんだよね】

いまだにイラッとすることがあったときに投稿をしてしまうのはやめられていない。

けれど、小さな幸せを見つけられたおかげで心持ちは楽になった気がした。

「今朝歩いてたら暴言言いまくる同い年くらいの子に会って、めっちゃイライラしたんだよね」

お昼休み、誰もいない空き教室でいつものように幸せ話を滝采に献上しに来る。

小さな意地悪を添えて。

「だからさー、毎日初めの土産話、愚痴にするなって言ってるだろ」

そう言いながらも笑ってくれている彼は、私が欠かさず嬉しかったことを見つけてきているということを見透かしているのだろう。

「ごめんって。朝ロータリーを歩いてたら散り始めた銀杏の葉が足元に落ちてきて、その色味と形がすごくきれいだったから押し花にしようと思ってファイリングしておいたんだ」

「ちゃんとやってこいって言ったことができるのは真面目なところが垣間見えるな」

頬杖をつきながらにやにやと笑う滝采。

思えば、滝采はいつも私の話を聞いてくれるけれど、彼自身が私に話をしてくれることはない。プラスアルファで、教室にいるときほどのうるささもない。

「ねぇ、なんで滝采はここにいるときはこんなに静かっていうか、大人しいの？」

「んー、息抜き？」

「滝采でも疲れるっていう感情あるんだね」

「んだよそれ」

かすかに笑っているけれど、そんな疑問が思い浮かぶくらい、疲れている滝采が想像ができないのだ。

「俺だって」と言い、椅子を立って窓枠に手をかける。

いつも閉めっぱなしのカーテンを開け、扉の鍵を解き放ち、窓を開ける。

ひとつひとつの動作を滝采のしなやかな指が美しく行っていく。

風がふわりと空き教室に流れ込んでくる。

少し茶けた髪の毛がさらさらと揺れて、不透明な琥珀色の瞳がすっと透き通る。

光を浴びた滝采は、悔しいけれど物語の中の人物かと思うくらいきれいに見えた。

「ぜんぜん疲れるよ。なんなら誰が誰だか見分けるだけで疲れる」

冬景色に模様替えするため、断捨離された銀杏の葉がはらりと舞い降りてくる。

滝采の柔らかそうな髪の毛の上に銀杏の葉がのるが、目を瞑《つぶ》って風に当たっている彼は気がついていない。

「でも、誰かひとりが明るいだけで、誰かひとりが疲れた顔してるよりも気持ちが軽くなるだろ。嫌なことばかり見てたって人生楽しくないからな」

彼が目を開けてこちらを向いた拍子に頭にのっていた銀杏の葉は、ハラハラと滝采の足下に落ちていった。茶色い床に鮮やかな黄色いコントラストが入る。

「だから、春露も楽しいことを見ろ。辛いことばかり見たって辛いだけだ。それで、幸せな話は周りにシェアしろ。幸せを蔓延させろ。幸せの伝染源がひとつあるだけで、それぞれの世界は少し明るくなる」

底抜けに明るいだけだと思っていた滝采の心の核心。

それに迫れた気がして少し嬉しくなりながら彼の言葉を胸にとめる。

彼が明るいのは先天性でも、天から与えられたアビリティでもないんだ。

「春露が嬉しいとか、楽しいとか、そういう気持ちを持っている限り、世界は色づいている。春露の気持ちは春露だけのものなんだから、春露だけの色で染められてるんだよ」

優しい彼の言葉は、空虚な私を優しく淡く色づけてくれた。

「滝采は、なんかいいね。人生楽しそうっていうか、こんな話聞いたあとに言うのはあれだけど、悩みとかあんまりなさそう。やっぱり太陽みたいだね」

「だから、そんなこともないって言ってるだろ」

静かに言い返す彼からは、いつも以上に儚《はかな》い雰囲気を感じた。

ある日、授業で分からないところがあって先生に聞いていたら、お昼休みに入るのが遅れてしまった。

滝采はもう来ているだろう。いつもの空き教室の窓から中を覗くと、彼はこの間と同じように開放した窓枠に頬杖をついて外を眺めている。

扉を開けて入ろうとしたところで、彼がいきなり目を押さえる。きつく鋭い目で下を向いて床を睨んでいる彼に呆気《あっけ》に取られて、その場から動けなくなる。

三十秒ほどして、彼が体を上げてこちらを向いた。

——なにも見ていない。あたかも今来たかのように装って扉を開ける。

「滝采、大丈夫？」

しかし、入った瞬間、ついそうやって聞いてしまって後悔した。

彼はなにがあったかを説明してくれるものだと思っていたのだが、想像とは異なり、何事もなかったかのように返事をした。

「別になんにもねーよ」

平然とそうやって返されたけれど、彼の腕や額に汗が浮かんでいるような気がする。

「そっか、ならいいんだけど。ねぇ、滝采の幸せだった話とかないの？」

なにも答えない彼と若干気まずい静寂が流れ始めたころ、チャイムの音が鳴る。

そういえば今日から半日授業になったんだった。テスト前だからありがたいのだが、半日にされてしまうと滝采と会う時間がなくなってしまうから嫌だな。

「ごめん。俺疲れたから先教室戻る。早く来ないと最後になるよ」

『待って』という言葉をかける勇気は湧かず、なにも言えずにいるうちに彼は先に空き教室を出ていってしまった。


教室に戻ると、彼は仲のいい男子友達と話していた。

いつもと変わらない笑顔。だけれど、心なしか疲れているようにも感じる。

彼を眺めていると、ぱちりと目が合った。ただのクラスメイトに笑いかけるみたいに、空き教室では見せない整った笑顔を向けてくる。

「今琥珀くん私に笑いかけてくれたよね？」

「いや私じゃない？」

「いやいやあれは完全に私と目が合ってた」

滝采と関わるようになると、周りのこともよく見えるようになってきた。

彼のことが気になっている女子は多いらしい。最近は私の幸せ話の徴収のために空き教室に来てくれているから、教室では毎日滝采がどこかに行っているという噂と、休み時間になるたびに教室からいなくなるのは彼女ができたからなんじゃないかという噂が流れている。

しかし実際は、お互いごはんも食べずに思ったことをポツリポツリと話すだけ。

それでも。

空き教室での彼の笑顔を思い出して胸が熱くなる。

必死に認めないようにしてきたけれど、もう自分の心に嘘《うそ》をつくのは無理なのかもしれない。

アンチコメントによって絶望の底に叩きつけられた私を、いとも簡単に手を伸ばして救ってくれた存在。

教室で見せる底抜けの明るさではなく、落ち着いた雰囲気の、私だけに見せてくれる滝采という存在が私の思いを大きくしていった。

私は滝采が好きだ。

太陽みたいな彼も実は月なのかもしれない。

私の知っている彼は月の裏側で、クラスメイトに見せているのは光り輝く表面だろう。

明日はどんな嬉しいことが起こるかな。

小さな期待に胸を膨らませながら顔が綻ぶのを感じた。

土日は学校がないから滝采と会って無駄に彼のことを考えなくて済むし、勉強や先生にストレスが溜まることもなく、平穏に過ごすことができる——と思っていたのに。

階段を上ってくる音が聞こえて、急いで勉強机にかじりつく。

おそらく母親が釘《くぎ》を刺しに来たのだろう。

面倒くさい。

「ちゃんと勉強してるわね？」

扉を開けてチラリと部屋を見回してから尋ねてくる。

「うん。でも、午後からは少し休もうかなって思ってるの」

クラスの子と話すのと同じような声色でそう伝えるが、あまりいい顔をされるわけもなかった。

「休憩？　ただでさえこの間の模試が悪かったっていうのに？　どんな冗談よもう」

声と顔は笑っているが、目は少しも笑っていなかった。

「そもそも、あなたは特別頭がいいわけでも要領がいいわけでもないんだから、休んでる暇なんてないのも分からないの？　医学部に行くと将来安泰でしょう？　だから希望は医者になるためにもっともっと勉強する必要があるわけ。分かる？　何度も言うけど、あなたのためなのよ」

こちらの意見を聞かない一方通行すぎる言い分にイライラが積もり積もっていく。

私はいつまでこのままでいるつもりなの？

変わろう。

この思いは私だけのものなんだ。

私の思いは私にしか伝えられない。

私が伝えない限り、自分にも、親にも届くことはないんだ。

「私のためってなに？」

口から出た言葉のトーンは想像よりも低くなってしまった。

恐怖心ももちろんあったが、一度たがが外れてしまったことによって、自分の思いが止まることなくあふれ出てくる。

「なにをするかは私が決めるし、お母さんがなにもかも決めるものじゃないでしょ」

今までに幾度となく考え続けてきた思い。

「それは……！」

「私がなにも言わないからって、なにも言い返さないからって、なんでも好き勝手言って！」

私にも非があることは分かっている。

私はいつも、反論する前から諦《あきら》めていた。どうせ反論したって、お母さんは私の意見なんか聞き入れてくれないと思い込んでしまって、反論したらどうなるかなんて考えたことがなかった。

「あなたのためってなに。私のためになってるかどうかは私が決める。これは私の人生なの！　お母さんがなにもかも口出ししないで‼」

肩で息をするほどぜぇはぁ言いながら、思ったことをお母さんにぶつける。

絶対に口に出すことができないと思っていた言葉は、思っているよりもすらすらとあふれてきて、自分の言葉じゃないようだった。

お母さんもまさか私が反抗するとは、露《つゆ》ほども思っていなかったのだろう。

口をあんぐりと開けて固まっている。

怒られるかもしれない、最悪叩かれるだろうか。

そう思って次に来る衝撃に備える。

が、思っていたものはなにも来なかった。

恐る恐る顔を上げて見ると、ひどく悲しんだような顔をしているお母さんと目が合った。

気まずくなってすぐに逸《そ》らしたくなったが、今ここで逸らしてしまうとこの思いはちゃんと伝わらない気がしてしっかりと見つめた。

けれど、お母さんは私の目を見てから力なく部屋を出ていってしまった。

私の心の中は、悪いことをしてしまったかもしれないという小さな罪悪感と、思いをぶつけることができた爽快感、そして脱力感に支配されていた。

数時間が経《た》って、気持ちの整理がついたころ。

いつもなら『晩ごはんできたよ』と呼ばれる時間になってもお母さんが来ないことに違和感を覚え、階段を下りてリビングに行く。

スライド式の扉をゆっくりと開けると、中は薄暗くて人の気配を感じなかった。

お母さん、やっぱり怒ってるのかな。

足音を立てずに中に入って電気をつける。中を見回してみると、ソファに人影が見えて近づき声をかける。

「お母さん」

「希望……」

前に立って名前を呼ぶと、お母さんは小さく笑った。

お母さんのこんな笑顔を見たのはいつぶりだろう。

静かにソファに座っているお母さんの口がかすかに動く。

「思い出してたの」

お母さんの目をじっと見つめてふと思う。

こんなに白髪あったかな。

「覚えてる？　昔、私の働く病院に来たことがあったでしょう。そのときに希望が『私もたくさん勉強して、お母さんやお父さんみたいにかしこくて、たくさんの人を救えるお医者さんになりたい』って言ったのよ。お母さんとってても嬉しくて、私にできることならなんでもしてあげたいって思ったの」

ポツポツと語るお母さんの目は宝物を見るかのように優しく細められている。

「でも、私のエゴで勝手に進めすぎてた。希望、ごめんね。たくさん我慢もさせちゃって、希望がどう思ってるのかなんて考えずに。こんなんじゃ親失格ね……」

一筋の涙がお母さんの頬を伝う。

生まれて初めてお母さんが泣いているのを見た気がする。

お母さんもお母さんなりの考えがあったのは分かっている。私のことをいちばんに考えてくれていたということも、今となっては痛いほど伝わってくる。

なのに私は、うるさいや面倒くさいなどと言って、なんて親不孝な子供だろう。

「ううん、私こそごめんなさい」

私もお母さんも、どちらも相手をちゃんと見えてなかった。

真っ白だと思っていた紙をよく見ず、真っ白だと思い込んでいた。ちゃんとよく見てみたら、ほんのりと色がついているのに、そのことに気がつかなかったのだ。

「本当に、大人になったのね」

そう言って、目を見て伝えてくれるお母さんに涙が止まらなくなる。

私の書く作文はどこか空白だった。両親に言われたことの受け売りをそれっぽく書いているような、それこそ最近のＡＩのようだった。

それが今、少しだけかもしれないけれど意味を持ったのだ。

医者になるかならないかはまだ悩むだろう。それでも、ここまで勉強してこれたのは両親が環境を整えてくれたからだ。

今までしてしまった行動を許してほしい。そして、今まで反発してばかりで言えていなかった分、たくさんありがとうって言おう。

「うん、ありがとうお母さん」

「こちらこそ、ありがとう希望」

滝采が優しく染めてくれた私の心と思いが、お母さんの心を染めたのだ。

「あっごめんね。ごはんの用意できてないの」

ふと思い出したかのようにソファから立ち上がるお母さんを制止する。

「私が作るよ」

そう言うと嬉しそうに笑ってくれるお母さんを見て、小さいころを思い出した。

そういえば、私が失敗したと泣いていた料理を『おいしいよ』と言ってくれながら食べてくれていたな。

これからは、たくさんお母さんのことも手伝って、買い物も一緒に行こう。

勉強が分からなかったら、賢くてすごい私のお母さんに教えてもらおう。

「ねぇ希望。あなたをここまで変えてくれたのは誰？」

「私の心を救ってくれた人」

もう、私は大丈夫だ。SNSに頼らなくても、もう私はやっていける。

だって、幸せ話を聞いてくれる人がいて、こんなにも身近に私のことを認めてくれる人がいる。

明日、滝采にお礼を言おう。


ガラリと教室の扉を開けて、滝采の席をチラリと見る。

机の上にも横にもなにも荷物はなく、彼が来た形跡はない。滝采はいつも始業ギリギリに来るため、そのことに対して特になんの違和感もなく自分の席に座る。

前までは自分の席で問題集を開き、担任が来るギリギリまでにらめっこをしている日々だった。

けれど、お母さんとの一件があって、そこまで勉強を頑張る必要がなくなった。

ゆっくりと教室を見回してみると、毎日誰よりも先に来ている男子が黒板をきれいにしていたり、窓を開けてくれたりしている。こんなこと、前までは気がつかなかった。

私は、本当に自分のことしか見えていなかったのだと思い知らされる。

いつも明るくてみんなに好かれている子は朝からたくさんの人に話しかけに行って、おもしろいことを言い、みんなを笑顔にしている。

私もなにかしようかなと思い、溜まったゴミ箱の中身を焼却炉まで持っていった。

ほんの少し、いいことをした気分。

「あの、春露さん、ここが分からなくて、よかったら教えてくれないかな？」

教室に戻ってぼんやりとクラスを見渡していると、クラスメイトの子が恐る恐るといった感じで話しかけてくる。数学の教科書とノートを持っている。

高校二年生から始まった数学は、今までとは比じゃないくらい難しい問題が増えた。

「あ、えっと、私でいいのなら……」

「春露さんに頼んでるんだから、春露さん以外いるわけないじゃん」

「春露さんっておもしろいね」と笑いながら教科書とノートを開く彼女を見て、心が浮つく感覚がする。

誰かからおもしろいなんて言われたことなんか一度もない。

私はどちらかというと正論パンチで場を冷やすタイプだったから、言われ慣れていない言葉すぎてむずむずしてしまう。

「実は、春露さんが教えるのが上手って聞いたことがあって、教えてもらいたいなって思ってたんだけど、難関大学の医学部志望だし、毎日難しそうな問題集を解いてるのに中断させてしまうのは悪いなって思ってたの。でも今日の春露さんはいつもと違ってるように感じて、つい声かけちゃった」

ぽつぽつと語ってくれた内容に衝撃を覚える。

私のことを見てくれている人なんかいたんだ。私が周りのことを見ていないように、みんなもどうせ他人になんか興味がないと思っていた。

「進路はずっと親に言われたことをそのまま書いてただけなの。でも、もうこれからは自分で進路も決めていこうと思ってて。だから、私でよかったらなんでも聞いてほしいな」

一気にふたつの悩みがなくなるだけで、心の余裕がだいぶ変わってくるのを実感した。

「そっか。希望ちゃんありがとう！」

そう言って私のほうにノートを傾けて「ここ！」と指差す。

的を射ているようで少し遠回りをしている解答を見て頭を回転させる。

どうやったら分かりやすく伝えられるだろう。

「ここは、けっこう回りくどい感じでひとつひとつ順序立てて追って解いてるけど、この公式を使うと楽に解けるようになるよ」

相づちを打ちながらノートにメモをしている彼女を見て真面目だなと心の中で思う。

「こういうこと？」と言いながら解き直したノートを見せてくる。所々書かなければいけないところは抜けているけれど、ほぼ正解に等しいところまで来ていた。

「正解」と言うと「ありがとう」と言いながら満面の笑みで教科書とノートを片付けて席に戻っていった。

誰かに下の名前で呼ばれて嬉しいと思ったのなんて、いつぶりだろう。

はたまた言われて嬉しいなんて思ったことあったのだろうか。

記憶にはないくらい人と関わりというものを持っていなかったのだなと自覚する。

「お前ら座れー！　月曜日が始まったぞー！」

出席簿を持って担任が入ってくる。

ふと今日の使命を思い出す。

滝采にお礼を言わないといけないんだ。

そして、滝采がまだ来ていないことに気がつく。

「あーそうだ、滝采は今日休みな」

さらっと言ってのける先生を見て「えっ」と口から声が漏れる。

「はぁー？　滝采サボりかよー！」

滝采とよく話している男子が声をあげる。

本人が休みとなると、伝える方法がない。

どうしたものかと考えた結果、思いついたのは電話というツールだった。

彼はそもそもスマホをあまり触らないらしく、クラスのメッセージグループにも入っていない。メールはどうかと聞いても、メールも見ないと言われてしまった。

そうなってくると、私に残されたのはなんとか聞き出した家の固定電話にかけるという道だけ。

昼休みにかけてみよう。かける前にメールで知らせたほうがいいのだろうけれど、送ったってどうせ意味はないだろう。

お昼休みになってひとりで空き教室に出向き、スマホを取り出す。

打ち間違いのないように何度も確認しながら、通話ボタンを押す。

ぷっぷっぷっぷっと何度か音がしてから四コール目くらいで彼は出た。

『もしもし、どちら様ですか？』

「春露、春露希望です。今日学校来てなかったけど大丈夫だった？」

『あぁ、全然大丈夫。明日は昼休みだけ行く気でいる』

「昼休みだけってほぼ授業受けなくない？」

『まぁバレなきゃいいだろ』

「そ、そっか……じゃあ言おうと思ったことあったんだけど、明日言うね。じゃあお大事に」

『うん。おっけ』

ピッと通話を切って、熱くなった頬を冷まそうと彼が最近よくいる窓際に立って風に当たる。

寝起きだからか電話だからか、いつもより声が低く感じられて胸がざわざわと喚いている感覚がする。

こんな悩みを持つことになると思わなかったな。

次の日も、彼は宣言通り、始業の時間には来なかった。

永遠のように感じられる長い午前中が終わり、やっと昼休みになる。

午前に来ていなかったのだから、お昼休みだけ来るはずがない。

そう思いながら空き教室に行くと、あろうことか、滝采の姿があったのだ。

本当になにからなにまで分からない。

でも、よく見ると、どこかいつもと様子が違う。教室の中を手探りで歩いていたり、目を細める回数が多かったり、すべての動作にどこかぎこちなさを感じる。

まるでなにも見えていないかのように。

ガラリと扉を開けて中に入る。

「春露？」

「ねぇ滝采、もしかして」

私が気になったことを聞こうとするのを遮って、彼は静かにこう告げた。

「ごめん。明日からは学校に来れない。だからもう会えない」

全身に冷水を浴びせられたかのように体が震えてくる。

なんで、なんでそんなに急に。

「えっ？　理由を教えてくれないと、分からない。なんで……？　なんでそんなにいきなり？」

彼は少しためらってから、意を決したのか手を顔へと持っていった。

「ここの病気」

彼が指差したのは、自分の瞳だった。

病気って、どういうこと？

窓からの光をめいっぱいに取り入れて、少し色の薄い琥珀色の瞳が透明になる。

「俺の目は、じきに見えなくなる」

そう言いながらも、彼の目はきちんと私の目を捉えている。

こんなに透き通っていて、輝いて見えるのに、ほとんど見えていないなんて――。

そういえば、とある日の滝采の行動を思い出す。

男子生徒の机にぶつかる彼、机に顔がつくくらいまで近づけてテストを解く彼、そしてこの間の外を見ていていきなり目を押さえる彼。

あれは全部、彼の病気が関係しているのだ。

「春露にだけは言っておこうと思って」

「私にだけ？」

「いきなり俺がいなくなったら、春露のお話し相手がいなくなるからだろ」

なんで彼はここまで私のことを気にかけてくれるんだろう。

「じゃあ、今日はそれを言いに来ただけだから」

そう笑ってから滝釆は私の横を通り過ぎようとする。

待って、そんなの嫌。

もう会えないかもなんて、言わないで。

私はまだ、滝釆になにも返せてないよ。

だから、まだ行かないでよ。

「どこの病院？」

「は？」

「どこの病院に行ったら、滝釆に会える？」

彼は聞き分けの悪い子供を見るかのように私のことを見て、悔しそうに下唇を噛《か》んでうつむく。そして、顔だけ振り向いて、教室にいるときと同じ笑顔でこう言うのだ。

「教えない」

私だけに見せてくれていた滝采琥珀が、みんなに見せる滝采琥珀になった瞬間、世界のすべてを壊してしまいたくなるくらい悲しくなった。

目の前が真っ白になった。もう会えないなんて嫌だ。

なら、私にできることは。

「じゃあ、勝手に特定させてもらうね」

「はぁ？」

そのとき、顔しかこちらを向いていなかった彼が、振り向いた。

うちの両親はふたりとも医療関係の職業で、どちらも顔が広い。

「特定するって言ったってどうするんだよ。できないだろ」

「できないんじゃない！　やるの！」

思っていたよりも大きな声が出てしまった。

でも、それくらい諦めるつもりなんてさらさらないし、彼自身にも希望を捨ててほしくない。

「滝采が〝できない〟なんて、使わないでよ……辛いことがあっても、明るく振る舞うだけで明るくなれるんでしょ？　ここでは誰にも見せないところを見せてくれてるっていうのはすごく嬉しい。でも、諦める滝采は見たくないよ……」

滝采には笑っていてほしいのだ。どれだけ疲れても、私の話を聞いてくれる底抜けの明るさと優しさを捨てないでほしい。

「私の下の名前、ひかりっていうの。希望って書いて、ひかりって読むの。だから、私に希望というひかりを与えさせて」

「春露は、なんでそこまでするんだよ……」

滝采は困惑したような面持ちで言う。

そんなの決まってる。

「滝采が私を助けてくれたからだよ」

「わけ分かんねぇ……」

私にできることがあるのなら、なんだってする。

瓦礫みたいなSNSの渦から救ってくれた。

空白で空っぽだった世界を、明るさと優しさで埋めてくれた。

埋まらない分を無理して埋める必要はないんだ。

自分が壊れるまで無理して、自分の空っぽを自分だけで埋める必要なんてない。

いつか埋まるまで、誰かが手伝ってくれるまでは、ゆっくりでも問題ない。

これが滝采が私にしてくれたすべてだ。

だから、今度は私が彼の空っぽを埋める番だ。

【空白の君へ】


お久しぶりです。

いきなり投稿をしなくなってしまってごめんなさい。

この投稿を見てくれている人の中には私が普段どのような投稿をしていたか覚えている、もしくは知っている人もいるかもしれませんね。

このアカウントはずっと気持ちの吐け口でした。腹の立ったことを誰も見てない前提で思ったまま文字として表していました。

ですが、それがなくなったということは、イライラすることが減ったということです。

毎日ひとつ、嬉しいと思ったことや幸せだと思ったことをとある人に話しただけです。

でも、今その人の心は空白です。

優しくて、底抜けに明るかったとある人が失いかけている希望を届けるお手伝いをしてくれませんか？

私がその人に救われた分、今度は私がその人を救いたいから。

これはその人の受け売りですが、SNSは瓦礫の山です。

でも、SNSという存在があったから救われた面が私にはあります。

正直、見ず知らずの人からの応援コメントがいくつ来てたとしても、彼の底抜けの明るさを取り戻すことはできないと思います。

でもその人はこう言いました。

『成功談なんか聞いたってなんにもならない。でも、幸せ話は聞くほうも幸せになれる』と。

だからみんなで彼に——。

拡散希望
@空白の君へ

◇

殺風景な窓枠に切り取られた外は快晴だった。

平日だったらもうそろそろ三限目が始まるころだろう。

味の薄いごはんに不味《まず》い薬、よく分からないリハビリを続ける日々。

ついこの間まで秋だったような気がするのに、もう今は冬景色がうかがえる。

一ヶ月ほど前から進んでいなかった読みかけの本を開く。

ぱたりと押し花のしおりが落ちてきた。

春露に借りた本だからしおり、入れっぱなしじゃん。

丁寧にそれを拾ってよく見てみると、ちゃんと見えているわけではないけれど、鮮やかな秋の黄色が見えた。

「あー、学校行きてー……」

春露希望とは初めて同じクラスになった。

第一印象は真面目な優等生。

そんな印象で、ただのクラスメイトとして接していたとき、将来の夢という題材で作文を書くことになった。

俺は、すぐさま思いついた『太陽になりたい』という題名で書き始めた。

二年　滝采琥珀

『太陽になりたい』

太陽ってどれくらい明るいんだろう。宇宙も細かく見えるくらい、惑星の形も空気感も分かるくらい明るいのかな？　もしそうだとしたらなんでも見えて、羨ましいな――


感想文かのような内容に思わず笑いながら、続きに詰まって首を捻《ひね》らせる。

そして、呑気《のんき》に書いているのもつまらなくなって、席を立って他の子たちのも見に行ってみた。

優等生班の人たちは全員手が止まることなくさらさら書いているんだろうなと思いながら見てみると、予想の通りほぼ全員の手が動いていた。

そう、ただひとり、春露希望を除いて。

珍しく優等生班の人がぼうっとしているのが気になって近づいてみると、俺の三倍は書いてあったから拍子抜けした。

できてないといっても俺とは価値観が違うんだと思わされた。

医者になるという題名で書いていると予想を立てながら盗み見させてもらう。すぐに気づかれて手で隠されたが、チラリと見えた題名のマスには『太陽になりたい』とあったのだ。

自分と同じ題名であることに動揺したが、優等生のなりたい太陽はどんな太陽なんだろうと気になった。

ウキウキとした気持ちで覗いてみたものの、文章の頭から自分を否定する言葉の数々にうへぇと声が出そうになる。

でも、よくよく考えてみる。

昔から春露は医者になると決めているという話を聞いたことがある。

そうやって心に決めた職業があるのに、なんでまた太陽なのだろう。

そして気がついたのだ。

これが春露の本音なんだということに。

優等生班は全員医者になるだの医学部に行くだのと書いていた。

でも、どれも心の底からなりたいからというより、これを書けというテンプレ通りに書いているだけにしか見えない。

そう思うと、春露のこの作文は枚数以外で考えると、班の中で誰よりも自分を持っていていちばん進んでいると思った。

また別のとき、ふと気になったことがある。

春露がスマホを触ったり見たりする時間が増えたような気がしたのだ。

そんなときに廊下でスマホを触る春露を見かけた。

俺は徐々に視力が落ち始めてきていて、それが今のこの状況へのサインだったのかもしれない。そのときも遠目には誰だか分からなかったが、近づくにつれて春露だと確証を持った。

けれど、疲れ果てたような、すべてを諦めたような顔をしてスマホを握っていた彼女はとても辛そうに見えた。不安を煽《あお》られ、心に深く傷が入っていることが分かるほど傷心しきっていた彼女を放っておくことはできなかった。

先生に体調不良の連絡をしてから、近くにあった空き教室に入って少しだけ話をした。そのときにこう伝えたような記憶がある。

『幸せ話ならいくらでも聞いてやる。だから一日ひとつでいいからもってこい』と。

そう言った日から、毎日欠かさず嬉しかったことを話してくれる春露に自然と気持ちを許していった自分がいた。

そんな中で病気が急に悪化し、いきなり視界のすべてがぼやけて見えるようになった。視界から色というものが消え、真っ白になっていた。

今さらながらに気がついたのだが、ああやって毎日昼休みに春露と会って話した時間は、俺にとってかけがえのないものだったのだ。

クラスと空き教室での違いを指摘されたときは驚いた。

ひとつ幸せの伝染源があれば世界が少し明るくなるように、ひとりでも明るい人がいればクラスの雰囲気は明るくなると考え、クラスや外では意識的に明るく振る舞うようにしていた。

それなのに、春露のまっすぐすぎる考え方が、周りの雰囲気を考えて疲弊する俺の素の部分を引き出したのだ。

その時点で、春露に自然と心が惹かれていたんだと思う。

「会いたいな……」

口から自然とこぼれた言葉に悲しくなる。

自分からもう会えないと言ったのに、春露が希望を与えたいなんて言うから、知らぬ間に心のどこかで彼女が来るのを期待しているのだろう。

そんなことがあるはずもないのに。

物思いに耽《ふけ》るのはやめよう。虚《むな》しくなるだけだ。

そう思って寝ようとしたとき、スライド扉がするりと開いた。

小さな光が差し込んで外の音が大きく聞こえる。

風がすーっと通り過ぎていく。

開いた扉の先には、ずっと会いたいと思っていた彼女がいた。

◇
【滝采琥珀様病室】と書かれたプレートの病室をやっとの思いで探し出した。

学校からは比較的遠めの大きな市内病院で、学校の施設の何億倍もきれいだった。

入るのは、正直少し怖い。

もし彼が私のことをなにひとつとして見えなくなっていたらどうしよう。

もう一生、私がいると認識されなかったらどうしよう。

それでも、好きになってしまったのは滝采だったのだ。

もし私だとわからなくなっても、一緒にきれいや嬉しいを共有できなくなったとしても、振られたとしても、それでも滝采には笑ってほしい。

私は今日、これを伝えに来たのだ。

私を救ってくれた彼を、今度は私に救わせてほしいから。

きれいなスライド式扉の取っ手は指先が凍ってしまうのではないかと思うほど冷たく、静かで、この先に人がいるなんて到底思えなかった。

「滝采琥珀様、病室……」

スライド式の扉を開けると、冬の太陽の光を一身に浴びる滝采がいた。

本当はほぼほぼ見えていないはずなのに、彼は視線を外すことなくこちらを見ている。

「誰？」

その言葉に肩が落ち込み、少しシュンとなる。

やっぱり見えていないんだ。

彼の顔を直視できずに少し顔をそらしながら横目で滝采を見る。

室内には点滴のような病院チックなものはなく、強いて言うなれば滝采が座っている病院のベッドくらいだった。

ストンとベッドから降りて滝采がこちらに向かって歩いてくる。

目の前まで来て、ぐいっと顔を寄せてくる。

「多分合ってる」

あまりの顔の近さにのけぞりそうになるが、合っていたということは入ってきた瞬間から私だと思っていたということでいいのだろうか。

私の思い上がりではないだろうか。

「滝采……」

「なんだよ」

変わらない優しい笑いに涙があふれる。

もし彼が分からなかったら、なんて思ってしまった数分前の自分を殴りたい。

目が見えなくても、入った瞬間から分かってくれた。

嬉しいに決まっている。

「ううん。なんでもない」

「泣くほどのことかよ」

「だって」と言いながら鼻をすする自分はすごくみっともないかもしれない。

でも、少しくらい涙が落ちたって彼には気づかれないだろう。

伝えたいと思っていたことも、実際に会ってみると嬉しさですべて忘れてしまいそうだ。

「なんで見えないんだろうな」

「え？」

いきなり彼がそんなことを言い出すから、流れていた涙は少しだけ止まった。

「少し場所変えよう」

そう言って彼は立ち上がった。

開いていた窓を閉めに窓に近寄った彼は、空き教室で風に当たっている姿とまったく同じだった。

君の空白は、今もなお心に残っているのかもしれない。

それでも、私は彼を救うために精一杯できることをするだけだ。

「ねぇ滝采ここどこ？」

「空き教室みたいだろ？」

彼が私を連れてきたのは、小さな空き教室のようなところだった。第一談話室というプレートがあるが、もう使われていないのか、ほぼ物置状態だった。

「俺の話を聞いてほしい」

滝采がこちらを向いて真剣な面持ちで言う。

「うん。聞かせて」

聞かせてほしい、君の足りないところを。

君の苦悩を私がなんとかしたいから。

◇

今までずっと考えてきた。

なんで俺の目は見えないんだろう、と。

遺伝だからしょうがないと言われるけど、しょうがないで諦められるほど簡単な話ではないと思っていた。

中学のころから目が悪く、病気のせいで目が見えにくいですと公表した。

するとその日から全員の態度が変わったのだ。

腫《は》れ物扱いではないけれど、滝采琥珀は目が見えない可哀想な子と思われたのだろう。まるで別人に接するような態度が違和感で、嫌だった。

当時、中学ではお昼休みの時間に鬼ごっこをよくしていた。

だが俺が鬼側になるたびに、明るいおちゃらけた男子がわざとタッチされに来た。

目が悪いから誰がどこにいるのかも分からないと思ったのだろう。

そいつからしたら優しさなのかもしれないけれどやめてほしいと言うと、『そんなことを言ったって自分たちがいなかったらなにもできないだろう』と言われた。

そんなことはないと怒ったらなぜか俺が怒られた。みんなに手伝ってもらってるのにそれはない、と。

いずれ見えもしなくなるこんな世界に生きている価値はあるのだろうか。

そんな疑問を抱くようになった。

でも、自殺をしてしまおうと思うほど強くもなかった。

そして、なんで俺の目は見えないんだろう、なんで俺だけ、とずっとネガティブな発言ばかりしてきた。

それで気がついたのだ。

暗い発言より明るい発言をしているほうが相手側も心持ちが楽になるということに。

でも、常に明るくいるなんて疲れるだけだった。

その事実は高校生になってから知った。

病気のことを公表するのをやめ、外見から目が悪いと分かってしまう眼鏡からコンタクトに変えた。

中学の同級生がいると病気のことが知られてしまうと思って、知り合いの誰もいない高校に入り、いわゆる高校デビューというものを果たした。

周りから見てどれだけそれが成功していたとしても、俺からすると弱い自分を晒しているようにしか感じなかった。

そして、残酷なことに目はだんだんと見えにくくなっていた。

急激に見えなくなってきた瞬間、この世の終わりのような絶望を感じた。

もう、この世界を見ることはできない。

俺の目はただの飾り物になってしまうのだと。

なにも見えないのに生きる価値はどこにあるのだろう。

病室で何度も何度も繰り返し問いかけたが、答えは出ない。

俺の世界は空っぽになってしまった。

こんな自分のことなんか、ずっとずっと大嫌いだった。

◇

語りかけるでもない、説明するでもない、自分の心を整理する感じでしゃべってくれる滝采。

ずっと彼は悩みなんかないものだと思っていた。

病気のことを教えてもらい、もう学校には来れないと言われたそのときまでずっと。

悩みなんてひとつもなさそうという彼のイメージは、彼が望んで頑張って作り出したものだった。

でも、こんな思いをひとりで抱えていくなんて重たすぎる。

彼の横顔をどれだけ見ても、彼の瞳に私が映っても、彼から私がちゃんと見えることはないんだ。なにを頼りに彼はときを過ごしているんだろう。

「生きている意味なんかないって思ってたのに、春露が希望を与えてくれるっていうから、そのときまでは全力で生きようと思ってた。だけど本当は怖かった。春露が来たときにもし分からなかったら、もう見えなくなってたら」

「でも――」

「でもちゃんと分かった」

彼の恐怖を埋めてあげたい一心で、彼の言葉にかぶせて言った。

その恐怖は、私には測れないほど大きいものに違いない。

彼が私を救ってくれたように、私もまた彼を少しでも救いたい。

だから、伝えに来たのだ。

「ねぇ滝采。私、医者になることにしたの」

「は？　でもそれって親に言われてだったんじゃ……」

「うん。前まではそうだった。でも、私に滝采の病気を治させてほしい。だから、私は自分の意志で勉強して医学部に行く」

ぽかんと口を開けて「は？」と口から漏れている彼を見て思わず笑ってしまった。

彼もつられて笑う。

「春露はほんとにバカだな。ほんとになんで……」

「言ったでしょ。私が希望を与えるって」

そう言いながら家から持ってきたタブレットを取り出す。

SNSのアカウントを開けて、拡大して滝采に見せる。

「まだこんなのやってたのかよ」と言いながらも画面を覗き込んでくれる。

拡散希望で投稿した文に、百も二百も超えるみんなの小さな幸せ話と祈りが綴《つづ》られていた。

「SNSは瓦礫だけじゃないんだよ。これだけの人が毎日の日常生活で見つけた幸せ話をシェアしてる。そして、滝采の病気改善を祈ってる」

勝手に彼の話をしてしまったことに対して怒られるだろうか？

怒られてもいい。SNSは瓦礫だけじゃないことを知ってほしかった。

たくさんの祈りがあるって知ってほしかった。

みんなの幸せ話で少しでも幸せになってほしかった。

それでも、正直に言うと。

「でも、こんな見ず知らずの人たちよりも、誰よりも私がいちばん滝采の病気改善を祈ってる。今日こうやって滝采に会えたことが私のいちばんの幸せ話だよ」

そう言うと、彼は優しい笑顔をこちらに向けて、整った唇を開く。

「優劣なんかつけるものじゃないって分かってるけどさ、いくら百や二百、たとえ千以上の幸せ話や祈りがあったとしても、春露の幸せ話がいちばん幸せになれるし、春露の祈りがいちばん嬉しい。俺の今日の幸せ話だ」

私たちの空っぽはなんにも問題ない。

こうやって誰か一緒に埋めてくれる人がいるから。

問題だってヘトヘトになるまでぶつかればいい。

そして、みんなで一緒に解こう。疲れたなら少し息をつこう。

今埋められない空白は、明日に置いておいたっていいんだよ。

そう思うと少しだけ心が楽になる。

空白の君も、空白な私もなにも問題ない。

だって、その空白は明日への伸び代であり、希望《ひかり》なんだ。

「真っ白な世界はまた色をつけていけばいいんだよ」

少しだけ息がしやすくなった気がした。

彼の秘密とわたしの秘密

汐見夏衛

足下に散乱したそれらを、わたしは呆然《ぼうぜん》と見つめている。
地面にぬめりと流れる真っ赤な血と、大量に散らばった真っ白な紙片。
街灯の明かりにぎらりと光る銀色と、きらりと輝く金色。
なんだこれは。いったいどういうことだ。なんでこんなことに。
わたしはどうすればいい。なにかしなきゃ、どうにかしなきゃ。
胸の中で渦巻くさまざまな感情——恐怖、緊張、焦燥《しょうそう》。
その奥にたしかにきらめくもの——予感、期待、興奮。
呑《の》み込んだままになっていた息を、ふうっと吐き出し、一歩踏み出す。
足下に散乱したもののひとつに、そろりと手を伸ばす——。

＊

【どこにいても、なにをしていても、いつもどこか息苦しい――こんな自分のことが大嫌いだ。】

そんな書き出しを思いついたけれど、いやいや違う、これは〝わたし〟じゃない、と気づいて、すぐに頭の中のBack Spaceキーを連打した。

これは〝わたし〟のキャラクターじゃない、こういう文章は〝わたし〟は書かない。

〝わたし〟はこういうことを考えるような人間じゃない。

〝わたし〟が書きそうなのは、そうだな……と少し考えてから、シャーペンを動かし原稿用紙の一行目を埋めていく。

【高校生になったら勉強も部活も後悔のないように一生懸命がんばろう、と中学生のときから決めていました。】

まあ、こんな感じでしょう、〝わたし〟は。

これなら誰が読んだって〝わたし〟が書いたものだと納得だろうし、変な顔はされないはずだ。

さて、じゃあ、続きはどうしようか。

そこで、手が止まってしまった。

市のコンクールに出すだかなんだかで書かされている、現代文の課題でもある作文。

テーマは、『ぼく・わたしの秘密』。

なんだこのテーマ、とわたしは肩をすくめる。

秘密って。いったい誰がこんなテーマ考えたんだか。市の偉い人か、どこかの学校の先生か。知らないけれどとりあえずお堅い仕事をしている〝ちゃんとした大人〟が考えたんだろう。

そんな人たちが、高校生の〝秘密〟なんか知ってどうしたいんだ。意味不明だ。

そもそも、誰にも知られたくない、知られるわけにはいかない本物の秘密を、作文なんかに書けるわけがない。

秘密といえば秘密だけれど別に知られてもいいもの、ちょっと恥ずかしいけどまあいいかと思えるもの、前から打ち明けたいと思いつつなかなかできなくて機会をうかがっていたもの、くらいしか書けないだろう。

というか、リアルにやばい秘密を暴露されたところで、先生や偉い人たちも困るんじゃなかろうか。

つまり、まったく意味のない作文だ。こんなものに時間を取られるのはバカらしいので、ちゃっちゃと終わらせて明日の予習に取りかかりたい。

とはいえ、あまりにも適当に書いてそれがばれてしまったら〝わたし〟のキャラが崩壊するので、手抜きをするわけにもいかないのだ。ああ、悩ましい。

〝息苦しい〟。

消したはずの言葉が、頭の片隅にこびりついている。

息苦しい、本当に。

思ったままを実行することも、言うことも、書くことすらできない。みんなの思う自分のキャラクターを演じないといけない。なんて息苦しいんだろう。

そんなふうに、なにに対しても不平不満ばかりで、世の中の全部が気に入らなくて、身体の内側に真っ黒な感情を飼い込んでいる。

そのくせ、そんな内心などにおくびにも出さず、素知らぬ顔で周囲に〝いい顔〟をしている。

それが本当のわたしだ。

汚くて、情けなくて、惨《みじ》めなわたし。

「はあ……いったん休憩しよう」

わたしはシャーペンを手放し、部屋を出た。

キッチンに行って冷蔵庫からペットボトルの炭酸飲料を取り出し、コップに注いでちびちびと飲む。

コップを持ったままリビングに移動して、ソファに深く腰かけた。

見るともなくテレビを見ながらだらりと座っていたら、洗濯物を抱えたお母さんが入ってきた。

「凛月《りつき》ー、なにしてるの」

「んー？　別になにも……」

わたしはテレビのほうを向いたままぼんやりと答える。

「そんなにひまなら、ちょっと買い物に行ってきてよ」

「えっ」

「食器用洗剤。もうなくなりそうなのよ。ストック切らしてるの忘れてて」

わたしはひまだなんて一言も言っていないのに、お母さんが勝手に頼んでくる。

「スーパーはもう閉まってるし、そこのコンビニでいいから」

「ええー？」

貴重な休日の夜におつかいなんて、面倒くさいなあ、作文もまだ終わってないのに。

一瞬そう思ったけれど、ちょうどいい息抜きになる気もしたので、「わかった、いいよ」と頷いた。お母さんが満面の笑みを浮かべる。

「ありがと凛月、助かるわあ。はい、お財布。お菓子かアイス、一個までなら買っていいわよ」

「え、やった一。ラッキー」

わたしはトートバッグにお母さんの長財布を入れ、コートをはおって家を出た。

＊

「さっむ……」

玄関の外に出ると、一瞬で冷気に包まれた全身が、ぶるりと震えた。

明日の朝は早めに家を出よう、と歯をかたかた震わせつつ思う。自転車で通学しているので、冬場は路面の凍結に気をつけないといけない。去年、アスファルトの上に薄い氷が張っていることに気づかずにいつものスピードで走っていたら、思いっきり前輪が滑ってかなり慌てた。転びはしなかったものの、びっくりしたし怖かったし、冷え込んだ朝は余裕を持って家を出ようと決心した。

コンビニまでは、徒歩五分ほど。近いのだけれど、住宅街の生活道路を抜けていく感じなので、夜になると人通りはあまり多くなく、車もたまに通るくらいだ。街灯は一応あるものの、古くて黄ばんでいるし、次の街灯までの間隔も広いので、全体的にどことなく薄暗い。怖いというほどでもないのだけれどなんとなく落ち着かなくて、足下を照らすためにスマホのライトを点灯した。

吐く息が空中で凍って、ライトの光の中で白くきらめく。

てくてく歩きながら、ふと――なんとなく――ぼんやりと――、〝いつまでこんな毎日が続くんだろう〟と思った。

なんの問題もない、特別な事件などなにも起こらない、地味で退屈な毎日。

わたしはいたって普通の家庭で育った平凡な高校生で、漫画に出てくるような悲しい過去も、映画になるような重大な悩みも、なんにも持っていない。

どこにも居場所がないとか、生きるのがつらいとか、そういう悲壮な気持ちを抱えているわけでもない。

それなのに、毎日毎日、息苦しい。

なんにもないことが、息苦しい。

なんにもないから、息苦しい。

すごく、すごく、息苦しい。

どうしてなんだろう。自分でもわからない。まったくわからない。

誰もが憐《あわ》れむような悲惨な境遇にいる人から見れば、こういう感情こそ〝贅沢な悩み〟というやつなのだろう。

普通に家族がいて、普通に友達がいて、普通に健康で、普通に学校に通えて、普通に生活できている。

普通は、幸せだ。でも。

普通は、つまらない。

普通が一番。普通に生きられるというのはどれほど幸せなことか。よく言われることで、そんなことはもちろん、わたしだってちゃんとわかっている。

わかっているのだけれど。

〝普通〟は、あまりにも平凡で、変化がなくて、退屈で、たまに、うまく呼吸ができないような気持ちになる。絶え間なく息を吸っては吐いて必死に生きているのが、バカらしくなる。

もし、もしもわたしが、とても不謹慎な話なのだけれど——ここから先はわたしの本当に不謹慎な妄想なので気に障る人は読み飛ばしてほしい——、たとえばわたしが難病を患っていて余命いくばくもなかったり、幼くして事故や事件で家族全員を失って天涯孤独な身の上だったりしたら。

あるいは涙なしでは語れない壮絶な過去や、アイデンティティを根底から揺るがし死すら願ってしまうような深い苦悩を抱えていたりしたら。

ある日突然に、天変地異や紛争が起こって激動の運命に巻き込まれたり、不思議な能力に目覚めて命懸けで世界を救う宿命を担わされたり、大切なものを奪われた復讐のために巨悪に立ち向かう勇者になったりしたら。

もしもそんな日々を生きることになったら、きっと毎日とんでもなくつらくて苦しくて悲しくて大変だろう。

でもきっと、いつでもわたしの頭にこびりついている〝退屈〟なんて言葉は、跡形もなく消え失せるに違いない。

いつからかわたしは、そんな〝普通ではない〟、特殊で特別な存在に、憧れを抱くようになっていた。

ドラマや漫画みたいな劇的な出来事が、わたしの周りにも起これればいいのに。そうしたらこのつまらない退屈な世界が一変して、このもやもやした気持ちや息苦しさも消えるだろうに。

そんなことを考えるともなく考えてしまって、ふと我に返っては、自分に呆《あき》れる。恵まれた環境にいるのに、真逆の世界に羨望《せんぼう》を抱くなんて、あまりにも贅沢だ。そんな自分が情けなくて、大嫌いだ。

そもそも、自分が平凡すぎるくらいに平凡な人間であることは、わたし自身が一番よくわかっている。

だから、普通ではない生き方に憧れている、ということ自体、恥ずかしくて誰にも言えずに、心に秘めてきた。

バカげたないものねだりをしている幼稚な人間だと知られるのは恥ずかしいから。

これが、〝わたしの秘密〟。

作文なんかには絶対に書けない、決して知られたくない秘密。

＊

「……ん？」

コンビニでの買い物を終えて、洗剤とチョコレート菓子の入ったバッグをぶらぶらさせながら帰り道を歩いていたわたしは、ふと足を止めた。

薄暗い道の先のほうで、なにか重たいものが落ちたような、どすっという音がしたのだ。でも、それきりなにも聞こえない。

なんだったんだろうと思いつつ歩いていくと、数十メートル先の路上に、なにか白っぽいものが転がっているのが見えてきた。今わたしが歩いている道と、左側から下ってくる細い坂道が交わるT字路のところだ。

初めは、どこかの家で干されていた布団かなにかが落ちたのかと思って、たいして気に留めていなかったけれど、近づいていくうちに、人が倒れているのだとわかった。

「え……っ、うわ……」

位置関係的に、坂道の上のほうから転がり落ちてしまったのだろうか。古い神社の参道で、まともに舗装もされていない上にかなりの急坂なので、特に高齢者の転倒事故が多いと、お母さんのご近所情報網経由で聞いたことがあった。

急ぎ足で歩きながら、注視してみる。でも、人影はまったく動かない。

「嘘《うそ》……、もしかして、死んで……？」

自分の呟きに、心臓がばくっと跳ね上がった。

あまりにも突然の事態に、怖くて足がすくみ、立ち止まってしまう。安否確認のために近づくことすらできない。

やばいやばい、と心の中で呟《つぶや》きながら、わたしはかろうじてコートのポケットからスマホを取り出した。

「きゅ、救急車……」

こんな緊迫した場面に遭遇したのは初めてで、動揺と焦りのあまり、指が震える。

「あれ、救急車って何番だっけ？　いち、いち……？　なんだっけ……いや待って、事故だから警察のほうが……？　いやでも怪我人なら救急車……？」

頭が真っ白で、なにをすればいいのかすらわからない。ただ思考を口からだらだらと垂れ流している。自分がこんなぽんこつだったなんて知らなかった。

スマホを握りしめながら、おそるおそる近づく。

白髪頭に見えたので、お年寄りが凍結した道で足を滑らせて転んでしまったのかと思っていたけれど、違った。

それは白髪ではなく、頭上の街灯の明かりを受けて輝く金髪だった。

髪の隙間から見える顔や地面に投げ出された手の皮膚には張りがあり、かなり若い人、おそらく同年代だと一目でわかる。

意識はあるのだろうか、と顔を覗《のぞ》き込んでみて、

「──あっ」

その横顔の輪郭《りんかく》で、すぐに気づいた。

冴木《さえき》くんだ。冴木陽向《ひなた》。

先月、市内の他の高校からうちの高校に編入してきた、転校生の冴木くん。

クラスメイトだけれど、しゃべったことはまだない。まだというか、これから先もずっとないだろうなと思っていた。

彼は、びっくりするほど明るく脱色した金髪に両耳ピアス、制服は思いきり着崩すという派手な見た目をしていた。その上、無口で無表情で無愛想で、いつもむすっと

していて、授業中もずっと机につっぷして寝ている。〝話しかけるなオーラ〟が常時がっつり出ていて怖ろしいので、クラスの誰も彼には話しかけないのだ。

嘘か本当かは知らないけれど、噂《うわさ》によると、『前の高校で窃盗事件だか暴力沙汰《ざた》だかを起こして退学になった筋金入りのヤンキー』らしい。

とはいえ、今はこういう状況なので、さすがに怖いだのなんだのと言ってはいられない。

「……さ、冴木くん？」

彼の名前を口に出して呼んだのは、もちろん初めてだった。

「冴木くん、大丈夫？」

やはり反応はない。ぴくりとも動かない。

きつく閉じられた瞼《まぶた》は、血の気を失い、紙のように青白い。生気が感じられず、まるで人形のようだ。

「さえ……きゃっ！」

肩か背中を叩《たた》いてみようかと手を伸ばしたわたしは、〝それ〟に気づいて思わず悲鳴を上げた。暗い上に陰になっていてよく見えていなかったけれど、彼の頭の下には、真っ赤な水たまりができていたのだ。

「えっ、え、これ、血？　血だ……え、ど、どうしようどうしよう……」

頭を強く打ってしまったのだろうか。それなら下手に身体を揺さぶったりしないほうがいいと聞いたことがある。

パニックになって救いを求めるように視線を巡《めぐ》らせてみたけれど、周りには誰もいない。

とにかく救急車を呼ばなきゃ。落ち着け落ち着けと自分に言い聞かせる。

はあはあと荒い息を繰り返しながら必死に考えて、なんとか１１９番を思い出す。

すぐに電話がつながり、冷静な声の大人と話すことで、わたしも少しは動揺がおさまった。

訊かれるがままにこの場所や状況、傷病者に呼びかけても反応がないこと、でも耳を近づけたら呼吸音は聞こえることを伝える。

通話が切れ、救急車を待つ間、少し気持ちが落ち着いてきたわたしは、地面に倒れ込んでいる彼の周囲を見回した。

そして、あることに気づく。

彼の周りに、小銭と紙切れが大量に散らばっているのだ。

「え……なにこれ……」

ただ小銭が落ちているだけなら、財布の中身が飛び出してしまったのかなと思うけれど、びっくりするほど大量で、しかもよく見たらなぜかすべて百円玉で、なんとも言えない違和感がある。

そして、レシートかなにかかと思った紙切れは、しゃがみこんで見てみると、すべて〝おみくじ〟だった。

「へ……？　なにこれ、おみくじ……だよね？」

何度見ても、あの〝おみくじ〟だ。お正月なんかに神社で引いて一喜一憂するあれ。

あまりにも状況にそぐわなくて、ふわふわと現実味がない。

どうやら、百円玉もおみくじも、彼のジャケットのポケットに入っていたものが、転倒した拍子に飛び出して散乱したらしい。

「なに、どういうこと……？」

一瞬戸惑ったけれど、すぐに気づく。

もしかして冴木くんは、上の神社で賽銭《さいせん》泥棒をしたんじゃないか。窃盗事件で退学になるくらいの人だし、ありうる。賽銭箱の中からお金を盗んだので、神様のバチが当たって転んだんじゃないか。

おみくじはなんだろう、転売とかしたら売れるのか？　どちらにしろバチは当たりそうだ。

もしかしたら、盗んでいるところを神社の人に見つかって、慌てて逃げ出したので、滑って転んでしまったとか。

「――！」

そのとき、遠くからかすかなサイレンの音が聞こえてきて、わたしははっと息を呑んだ。

救急車ではない。パトカーのサイレンだ。そうか、交通事故や傷害事件の可能性もあるから、警察が来るのか。

その瞬間、わたしはなぜか反射的に、散らばっている百円玉とおみくじに手を伸ばした。

手当たり次第にかき集め、自分のコートのポケットに詰め込んでいく。

全部、全部集めなきゃ。

夢中になって回収していき、すべて拾い終わったかと思ったとき、彼のきつく結んだ拳《こぶし》の中に、なにかが握り込まれているのに気がついた。

その手を開いて取り出そうとしたものの、意識がないとは思えないほどきつく握られていて、どんなに力を込めても開くことができない。

決してこれは手離さない、という鬼気迫る執念のようなものを感じた。

わたしはそれを取り上げるのは諦《あきら》め、その他の集めたものをすっかりポケットの中に収めた。

やってしまった直後、怖くなった。これはもしかして証拠隠滅というやつになってしまうんじゃないか。わたしは犯罪者になってしまったんじゃないか。ばれたら警察に捕まってしまうんじゃないか。

でも、サイレンの音はもうすぐそこまで来ている。今さら戻すこともできない。意識のない人のポケットをがさごそ漁っていたら、それこそ問答無用で逮捕されそうだ。逃げるしかない。

わたしは急いで家のほうに向かって走り出した。ポケット越しに、拾い集めたものたちをぎゅっと握りしめながら。

＊

家族の前ではいつも通りに振る舞いながらも、ずっと奇妙な興奮状態のまま朝を迎えた翌日。

どきどきしながら学校に行くと、冴木くんは「深夜の路上で転倒して頭を強く打ち意識不明の状態」だと、担任から説明があった。

みんなも危ないので夜遅くに外出しないように、道を歩くときは気を付けるように、などと注意事項が続く。

先生も、生徒たちも、誰も本気で彼の安否を心配している様子はなかった。

彼は転校してきたばかりだし、しかも一匹狼でクラスにも馴染《なじ》んでいなかったので、そんなものなのだろう。

一匹狼ってかっこいいよな、と思う。実際に身近にいたら、なんだか怖くて嫌だけれど、漫画とかに出てくるとすごくかっこいい。

周りの顔色をうかがったり、周りに合わせたりしないで、友達も作らずにひとりで行動するなんて、わたしにはできない。あいつ空気読めなくてうざいとか思われたくないし、友達がいなくて可哀想とも思われたくないし。

だから、嫌われないように、友達ができるように、にこにこ振る舞うしかない。

たぶんみんなそうなんだろう。みんなそうなのにそれをしない一匹狼は、やっぱりかっこいいなと思ってしまう。

もしもわたしが勉強とかスポーツとかですば抜けて優秀だったり、モデルや女優になれるくらいものすごい美人だったりしたら、一匹狼をやれたかも。そういうたぐいまれなものを持っていたら、たぶん嫌われてもいじめられないし。

だけど、わたしは特別なものなんてなにも持っていない凡人だから、やっぱり周りに合わせて、悪目立ちしないように嫌われないように生きるしかない。

担任が出ていったあと、周囲の生徒たちは、たぶん冴木くんについて、なにかひそひそと話していたけれど、内容までは聞こえなかった。

＊

その日の帰りまでには、冴木くんの噂は学年中に回り、しかもなぜか、『バイクの単独事故を起こした』という話になっていた。『ただのヤンキーじゃなくて、暴走族までやっていたのか』なんていう声も聞こえてきた。尾ひれどころではすまない勝手な憶測だ。

そんなものはまったく的はずれの噂話だと、もちろんわたしは知っているのだけれど、ここで『それは違うよ、バイクで転んだんじゃなくて、たぶん本人が転んだんだよ』などと訂正を加える勇気はなかった。

もしもわたしが冴木くんの事故の第一発見者で、救急車を呼んだのもわたしだというこ とがみんなに知られたら、どうなるだろう。冴木くんが賽銭泥棒をしたかもしれないことがばれたり、自分も共犯者扱いされたりしてしまうのではないか。そういうリスクが頭をよぎり、誰にも言えない。

ずっとそんなことを考えていたから、一日中そわそわしていて、落ち着かなかった。

一歩間違えたら大変なことになるかもしれない――恐怖と、緊張と、焦燥。

でも、その奥に、たしかにきらめくものがあった。

なにか今までと違うことが起こるかもしれない――予感と、期待と、興奮。

とんでもないことになってしまったという思い以上に、わたしは隠しようもなく、わくわくしていた。

綱渡りのスリル。

突然、非日常な出来事に巻き込まれて、まるで自分が壮大な物語の主人公になったような、そんな気持ちだった。

冴木くんは本当に賽銭泥棒をしたのか。そうだとしたら、どうしてそんなことをしたのか。遊ぶ金欲しさに？　それならおみくじまで盗んだのはなぜなのか。

彼の秘密を知っているのは、真相を暴くことができるのは、今、わたしだけなのだ。

家族に見つけられないように家から持ち出したおみくじと百円玉の入ったポーチを、制服のポケットの中で握りしめ、わたしはぶるりと身震いした。

突然呼ばれて、帰り支度をしながら考えを巡らせつつ胸を高鳴らせていたわたしは、はっと我に返る。

「りっちゃーん」

「んっ、なーに？」

平静を装って顔を上げると、仲良しの美依奈《みいな》がこちらへ寄ってきた。

「今日の放課後さ、みんなでごはんとカラオケ行こうって話になってるみたいなんだけど、りっちゃん、行ける？」

みんなというのは、わたしと美依奈が所属している部活の一年メンバーのことだろう。先週試合があって、一年生で集まって打ち上げをしたいねと話していたので、練習が休みの今日実行しようという話になったのだろうと推測する。

「あー……えっと」

わたしは思わず軽く腰を上げた。

こういうお誘いは、基本的に断らないことにしている。だって、次から誘ってもらえなくなるリスクがあるから。

友達付き合いってめんどくさいなあと内心ぼやきつつも、〝わたしは友達なんていらない、ひとりで行動すればいいし〟なんて割り切ることも全然できない弱い自分、勝手で情けないなと思う。一匹狼には程遠い。

でも、今日のわたしには、いつもと違う事情があるから、今日だけは、誘いに乗るわけにはいかないのだ。

わたしは意識して、〝みんなに申し訳なさそうでありつつ自分自身も残念そう〟な表情を作る。

「……あー、ごめん。今日は用事があって、早めに帰らなきゃいけないんだよね」

用事ってなにと訊かれたらなんて答えよう、正直に言うわけにはいかないからなにかいい感じの作り話を……などと考えながら答えたものの、美依奈はあっさりと、

「あ、そうなんだー、残念。じゃあ凛月ちゃんはまた今度だね」

と言っただけで、すぐに「そういえばさー」と別の話題に移った。

なんだか拍子抜けだった。

わたしが行っても行かなくても、みんなにとってはどうでもいいんだなと思う。

そう考えるとむなしくもなるけれど、当たり前か。だって、特別話がおもしろいわけでも、歌がうまいわけでも、盛り上げ上手なわけでもないわたしと遊んだって、みんな別に楽しくないだろうし。

わたしだって、もし〝わたし〟と友達だったとしたら、可もなく不可もなく、害にはならないけれど薬にもならない、一緒にいてもいいけれど別にいなくてもいい、どうでもいい存在だと思うだろう。

……でも、今は、違う。

わたしはポケットの中に手を入れて、それをふたたび握りしめる。

今のわたしは、みんなとは違う、特別なものを持っている。

＊

放課後、まずは冴木くんが倒れていた場所に行ってみた。

神社につながる参道の急坂を上っていく。

別に悪いことをしているわけでもないはずなのに、やましさが全身にこびりついているようで、常に周囲を警戒してきょろきょろしてしまう。

でも、他人の目には、ちょっと挙動不審な制服姿の女子高生が歩いているだけに見えるだろうし、実際誰からも注意を払われることはなかった。

なんだかぴりぴり警戒しているのがバカらしくなってきて、わたしは普通に歩き出した。

汚れて色褪《いろあ》せてひび割れだらけの鳥居をくぐり、神社の敷地内に足を踏み入れる。

子どものころから町内に住んでいるのでここが神社だというのは知っていたけれど、来るのは初めてだった。初詣《はつもうで》はいつも家族と車で市内の大きな神社に行くし、縁日は近場の別の神社のものしか行ったことがない。

鳥居の向こうには、これまた同じように汚れて色褪せてひび割れだらけの石階段があり、上のほうは見えないくらいに長かった。

上りながら、考える。

とりあえず、神主さんにさりげなく話を聞いてみよう。

『あの、すみません、最近ここでおかしなことってありませんでした？』

訊くとしたら、こんな感じだろうか。ちょっと内容がぼんやりしすぎだろうか。でも、『賽銭箱の中のお金がなくなっていたとか、おみくじが盗まれていたとか、ありませんか？』なんて訊ね方をしたら、わたしが犯人として疑われかねないので、はっきりと訊くわけにもいかない。

そんなことを考えながら階段をゆっくり上っていたら、やっと最後の段までたどり着き、本殿が見えてきた。

「うわ……古っ……」

それはあまりにもぼろぼろの神社だった。

鳥居を見たときからずいぶん古いなとは思っていたけれど、本殿までこんなにも古びているとは思わなかった。

もちろん神社やお寺はそもそも古いものだろうけれど、ここの神社はただ古いだけでなく、なんというか、手入れが行き届いていない、というよりまったく手入れなどされていない感じなのだ。枯れ葉が大量に散らばっていて、どこかから風に運ばれてきたらしいビニールごみなども積み重なっており、植木も草も伸び放題で道を覆《おお》うほど。まさに荒れ放題といった印象だった。神主さんが掃除の苦手な人とか、ものすごいお年寄りなのだろうか。

「あのー、すみませーん……」

万が一目撃されても怪《あや》しまれないように、そう声をかけながら本殿に近づく。返事はない。耳が遠いおじいさんという可能性も考えて、大声で何度か呼んでみたけれど、応える声は聞こえなかった。

仕方がないので、本殿の前に立ち、中を覗き込む。

中もやはり荒れていて、埃《ほこり》っぽく、入ってみようとはとうてい思えない。でも、誰もいないのは確かなようだ。

わたしは本殿の外へ視線を戻す。ひと気はないものの、本殿前にはちゃんと賽銭箱があり、その隣にはおみくじも置いてあった。おみくじの入った木箱と、横には貯金箱のようなもの。『おみくじ一回二百円。お金はここに入れてください』と書いてある紙も、風雨にさらされてかなり傷んでいる。

どうやらここは、巫女《みこ》さんにお金を手渡しておみくじをもらうという売り方ではないらしい。箱の中を覗いてみると、底のほうに少しだけおみくじが残っていた。十個あるかないかくらい。冴木くんがごっそり盗んだせいだろう。

賽銭箱のほうを見てみる。隙間から覗くと、中はほとんど空っぽだった。荒らされた形跡はないけれど、やっぱり冴木くんが盗んだのだろう。

いや、現段階では一応、冴木くんが犯人とは限らないか。他の泥棒のしわざかもしれないし、証拠もないのに疑うのはよくない。いやでもやっぱり、冴木くんのポケットから小銭とおみくじが大量に出てきたのはたしかで、状況を見ればやはり彼が盗んだと考えるのが妥当だろう。

謎なのは、お金だけでなくおみくじまで盗んだ理由だ。それを解き明かさないといけない。

心の中で、名探偵みたいな帽子をかぶり、トレンチコートをはおる。

わたしは今まさに物語の主人公だ。

神社の中に入っておいてなにもしないで帰るというのはなんだかまるで不法侵入者みたいでよくないかなと思い、リュックから財布を取り出して、百円玉を一枚賽銭箱に投げ入れる。

鈴を鳴らそうと思ったけれど設置されていなかったので、ぱんぱんと手を叩き、『願いが叶いますように』というあいまいなお願い事をした。

本音で言えば、『冴木くんの秘密を暴けますように』『真実を明らかにできますように』とお願いしたいところだったのだけれど、さすがにそこまで直接的なことを願うと逆にバチが当たりそうな気がしてやめた。

ここの神社に神様がいるかは怪しいけれど、なんてさらにバチ当たりなことを考えてしまった。だって、あまりにもぼろぼろだし、誰もいないし。

せっかくなので久しぶりにおみくじでも引こうかなと思い立ち、百円玉を二枚、箱の中に入れた。そのとき何気なく箱の中をちらりと見たら、ずいぶんたくさんお金が入っていたので驚いた。

もしかして、冴木くんは、この中にもお金が入っていることに気づかなかったのだろうか。もったいない。いや、盗んだらだめなんだけど。

おみくじをひとつ取り出し、開いてみると、小吉だった。ちぇっ、と心の中でいじける。幸先がよくない。

下のほうに目を落とす。

『願望《ねがいごと》　無理に事をなすは悪し　焦らず進むべし』

うーん、これは、焦って急いでやろうとすると失敗するということだろうか。

わたしの今一番の願望は、もちろん冴木くんの謎を明らかにすることだけれど、焦ったらよくないということか。

でも、まあ、おみくじなんて、ただの運だし、迷信みたいなものだから、真に受けるのもバカらしいか。

出鼻を挫かれたようで一瞬落ち込みかけたけれど、わたしはなんとか気を取り直し、神社をあとにした。

＊

翌日、六時間目のホームルームのとき、教卓の前に立った担任が色紙をかかげながら、

「冴木に見舞いのメッセージを書こう」

と言い出した。

教室の中に、明らかに好意的ではない雰囲気が漂う。えー、別にあの人と仲良くないし、書くことないよ。そんなみんなの心の声が聞こえてくるようだった。さすがに

誰も口に出しては言わないけれど。

みんなの戸惑いや困惑を感じ取ったのか、先生が「いや、ほら」と取りなすように続ける。

「せっかくクラスメイトになったのに、入院した子に手紙ひとつ届けないなんてさ、なんか寂しいだろ？」

今度は、それはまあわかるけど……というような空気が流れる。

「ていうか、冴木の、病状っていうんですか、怪我《けが》だから状態？　どんな感じなんですか」

一番前の席の男子が軽く挙手して先生に訊ねる。

「それによって、メッセージの内容っていうかテンションも変わってくるというか……」

周りの生徒たちも同意するようにこくこく頷く。

「意識不明なんですよね？」

「そんなん、なんて書けばいいか難しいっすよ」

「めっちゃ気い遣うよな」

すると先生がこう答えた。

「ああ、いや、昨日無事に意識は戻ったんだそうだ。脳の検査もしたけど異常はないらしいって」

えっ、そうなん!?と驚きの声が上がる。

わたしは正直、なんというか――本当にひどいと自覚しているけれど――ちょっとがっかり、してしまった。最低だけれど。

だって、冴木くんは生死の境をさまよっていると思い込んでいたし、そのまま植物人間に……みたいな展開を、なんとなく想像していたから。

彼が目を覚まさないことを期待していた……とかでは断じてないけれど、たとえば映画を観ていて、なにか大きな事件が起こって、ああ、きっとこれから物語が一気に動き出して怒涛の展開になるんだな、と思っていたら、まさかの何事もなく終わってしまった、というような。肩すかしを食らったみたいというか。つまり、拍子抜けしてしまったのだ。

人の命がかかっているのにそれはさすがに最低すぎるな、と激しく自己嫌悪する。クラスメイトとして、というかひとりの人間として、冴木くんの意識が戻ってよかったと喜ぶべきなのに。わたしってこんなに性格悪かったの。

「ただな、まだ会話できるような状態じゃないんだと。外傷がひどくて強い痛み止めを点滴してて、それで意識が朦朧《もうろう》としてずっと眠ってるような状態らしい」

先生が説明を続ける。

「怪我が治ってきて意識がはっきりしたとき、クラスメイトから見舞いの一言もないようじゃ、可哀想だろ」

その口調には、冴木くんを心配しているからというより、担任教師としての義務みたいなものを感じたけれど、わたしの穿《うが》った見方だろうか。

クラスが『仕方ないなあ』というような雰囲気になったので、先生が色紙を廊下側の一番前の席の子に渡した。

色紙を回している間に、同時進行で配布物や連絡事項の伝達が行われる。自習をしている子もいる。みんな片手間でメッセージを書き込んでいく。

しばらくすると、わたしのところにも色紙が回ってきた。

他の人が書いたものを見てみると、

『早くよくなってください』

『お大事に！』

など、さらっとしたものばかりだった。なにを書こうかと悩んでいたわたしは、こんなもんでいいのかとほっとする。

みんなと似たようなことを書いて、後ろの席の人に回した。

＊

「あの、先生、すみません、ちょっと訊きたいことが……」

　ホームルームが終わり教室を出た先生を追いかけ、わたしはそう声をかけた。

日誌と色紙を抱えて「ん？」と振り向いた先生に、さりげないふうを装って訊ねる。

「その色紙って、誰が冴木くんのところに持っていくんですか」

「ああ、まあ、先生が持ってくしかないよなあ。みんな気乗りしないだろ。冴木はまだ馴染めてなかったしな。とはいえ、今日は会議と部活でなかなか身体が空かんから、明日か、いや明後日か……」

「よかったらわたしが持っていきましょうか」

　気づいたら意気込んでそう言っていた。

「え、宗谷《そうや》が？　どうして……冴木と仲良かったか？」

「あっ、はい、いえ、あの、はい……」

どう答えたものかわからず、我ながらあいまいな返事をしてしまう。必死に考えを巡らせて、

「ええと……出席番号が近いので、たまたま、何回か、ちょっとだけ、話したり……」

大嘘だけれど、仕方がない。

嘘をついていると思うと額がじんわり汗ばんでくる。でも先生はなにも気づかなかったようで、合点がいったように「そうだったのか」と頷いた。

「……冴木くん、他の子とあんまり話してなかったので、わたしが一番適任かなと……先生は忙しいでしょうし、よければ」

「そうか、宗谷がそう言ってくれるなら、頼もうかな。助かるよ」

「いえ、全然、ついでなので」

「ん？　ついで？」

「あっ、いえ……」

へらへら笑ってごまかし、それっぽいことを言って、無事に冴木くんの入院先の情報をゲットした。

先生から預かった色紙を胸に抱き、どきどきしながら自分の席に戻る。

うまくごまかせただろうか。怪しまれなかっただろうか。

わたしは今たしかに、これまで生きてきて一番のスリルを味わっていた。

平和で穏やかで退屈な日常生活に、突如舞い込んできた事件。真相を暴くために、平凡な少年少女は立ち上がり、悪に立ち向かう。そんな物語の主人公たちは、きっと今のわたしみたいな気持ちだったのだろう。

気づけば、ぶるりと大きな武者震いをしていた。

＊

冴木くんの病院は、以前わたしのおじいちゃんが膝の手術のために入院していたところで、わたしも何度かお見舞いに行ったことがあった。

おかげで、けっこう距離はあったものの、学校から電車とバスを乗り継いで一時間弱、迷うことなくたどり着くことができた。

先生が教えてくれた病室番号を思い浮かべながら病棟案内図を確認し、エレベーターに乗る。

エレベーターを降りたあと、薬品くさい廊下を、一部屋一部屋、番号を確かめながら歩いた。

白衣やパジャマを着た人ばかりの中、制服姿だと浮いている感じがして、ひどく落ち着かない。たまに私服を着ている見舞い客らしき人もいたけれど、制服の人はさすがに見かけなかった。

そそくさと廊下を歩き、ようやく目的の部屋を見つける。

意識は戻ったとはいえ容態が安定していないからだろうか、集中治療室に一番近い個室だった。

勝手に入っていいものなのか、病院の人とか家族の人とかがいたらどうしよう、そんなことを考えて立ち尽くしていたら、

「どちら様っすか？」

突然背後から声が聞こえてきて、文字通り飛び上がりそうなくらい驚いた。

「えっ、はっ、はい？」

心臓をばくばくさせながら振り向くと、同い年くらいの、違う制服の男子が立っている。明るい茶髪で、眉も細く整えられていて、見るからに不良っぽい。なんとなく冴木くんと見た目の雰囲気が似ている。

「陽向に用事っすか？」

少し怪訝《けげん》そうな、不審そうな顔で訊ねられ、ふたたび心臓がどきりと跳ねる。

「えっ、ええと、あの」

やましいところがあるのでしどろもどろになってしまうわたしが事情を説明しはじめる前に、

「もしかして、陽向の彼女とか？」

予想外すぎる問いが飛んできて硬直した。

「……いえ！　違います！　あの、わたし冴木くんと同じクラスで、えと、みんなでお見舞いのメッセージを書いたんで、その色紙を届けに……」

「あー、なんだ、そういうことか」

彼が軽く肩をすくめる。

「早とちりしてごめん。おれは陽向のガキんころからのツレで、高野《たかの》っていいます」

見た目から想像していたよりも普通に礼儀正しい人で、ちょっとびっくりした。

「あ、どうも……わたしは宗谷です」

冴木くんの友達ということはおそらく同い年だろうから、敬語を使う必要はないかなと思いつつも、初対面だし、相手の出方を見ないと話し方は変えられない。

そーやさんね、と高野くんは繰り返す。どうやらため口でいくことにしたようなので、わたしもため口でいいかな、など考えていると、

「あいつさ」

高野くんが、冴木くんの病室のドアを親指で差しながら言った。

「あいつ今は、薬でぐっすり眠ってるって感じで、話しかけても無反応なんだけど、どうする？」

どうする、というのはどういう意味だろう。答えられずにいると、

「枕元に置いときゃいいなら、おれがそれ預かって置いとくけど」

高野くんが手のひらをこちらへ向けて言った。

「あっ、そういうこと……。いや、大丈夫、です。せっかく来たんだし、よかったら直接渡したほうがいいかな、とか……」

本当は直接渡すかどうかなんてどうでもよくて、今はただひたすら冴木くんの秘密が気になって気になって仕方がないのだとは、さすがに言えない。

「あっそ、なら入れば？　つってもおれはただのダチなんだけど、まあ陽向も、陽向の家族も、そんなことで怒るような人間じゃないから」

高野くんの言葉から、ただの同級生ではなく、家族ぐるみの付き合いをするような親しい間柄なのだと伝わってきた。そうでなければ入院先に見舞いになど来ないだろう。

誰とも話さず、いつもむすっとしている冴木くんに、そんなに仲のいい友達がいるなんて、なんだか意外だった。

「……じゃあ、失礼します」

わたしはぺこりと頭を下げて、病室に足を踏み入れた。

＊

窓際に置かれたベッドに、冴木くんが横たわっている。

表情だけを見れば、深い眠りの中にいるようにしか見えない。でも、頭には分厚く包帯が巻かれ、顔には擦り傷やガーゼがあり、腕から点滴の管が伸びていて、鼻にも酸素のチューブが通っていて、脚も骨折したのかギプスで固めて吊《つ》られている。いかにも事故にあった怪我人という感じがした。

「よう、陽向。高校のクラスメイトが見舞いに来てくれたぞ」

熟睡して無反応な状態の冴木くんに、それでも高野くんはまるで普通に会話をしているように話しかける。

その様子に、彼が冴木くんの快復を心から願っているのを感じられた。

「お前、超絶人見知りのくせに、新しい高校ではさっそく見舞いに来てくれるような友達がいるくらい馴染んでんのか？　まじかよ。それなら、うちの学校でもそういうふうにしてたら、転校なんてしなくて済んだんじゃね？　……ま、今さらそんなこと言ってもしゃーないか」

高野くんが少し寂しそうな顔で笑う。

冴木くんが転校した本当の理由はなんだったんだろう。いろんな噂を聞いたけれど、どれが本当かはわからないし、その中に真実があるかもわからない。

気になるけれど、気安く訊くこともできなかった。

「……えーと、高野くんと冴木くんは、中学が同じで、今も仲がいいってことなんだよね」

代わりに、訊いてもよさそうなことを訊いてみる。

「ああ、小中学校一緒で、高校もたまたまっつーか、まあ似たような成績だったからおんなじとこ進学したんだけど……まあ、こいつ不器用だから、いろいろあってっつーか、巻き込まれただけなのにこいつのせいみたいにされてさ、転校するしかなくなったんだ。クッソ悔しいけどな。でもまあ引っ越したわけでもねえし、つながってはいたから、『頭打って救急車で運ばれた』ってこいつの母ちゃんから電話が来て、びびって駆けつけたってわけ。ま、学校終わったあとはどうせひまだし、退院するまで毎日来てやろうかなと思ってさ」

「すごい、本当に仲いいんだね。学校が変わっても毎日会ってたんだ」

「いや、こうなる前は全然会ってなかった。こいつ、最近はずっとバイトしててさ」

「バイト……」

うちの高校は、一応アルバイトは禁止されている。やっぱり彼は、お金が欲しくて賽銭泥棒をしたのだろうか。

「バイトばっかじゃ新しい学校でも友達できなくて浮いちゃうんじゃねえかって心配してたんだけど、意外とうまくやってるみたいで安心した」

高野くんが色紙を手にして少し嬉しそうに言う。でも、メッセージに目を通して、どれも表面的なものだと気づいたらしい。

「……なんだよ、こんな感じか。陽向、やっぱ新しい高校でも怖がられてんの？」

「えーっと、どうかな……」

さすがに冴木くんの親友に事実をそのままは言えず、わたしはあいまいに笑った。それだけで高野くんには伝わったらしい。

「そっか、だよな、まあそうだろうな」

高野くんはそう言って肩をすくめた。

「こいつ、ガキのころからめちゃくちゃ人見知りでさ。でも、こんな顔してるからか、普通のカッコして歩いてると、めっちゃ話しかけられるんだよ」

彼の言葉に、わたしは冴木くんの顔へ目を向ける。言われてみればたしかに、眠る顔は穏やかで、幼さも残っていて、なにより柔和で優しげな顔立ちをしていた。この顔で普通に黒髪で真面目そうな服装をしていたら、クラスのみんなも怖がったりせず、むしろどんどん彼に話しかけただろう。

「道で会った見知らぬ人に挨拶されたり、返答に困る世間話されたり、道訊かれたり……それくらいならまだいいけど、変なやつに舐められてめんどくせぇ絡み方されたりもしょちゅうでさ。そのたびこいつは半泣きで固まって、可哀想なくらい。んで、そんなこんなで『もう嫌だ、気軽に話しかけられないようにしたい』っつって、高校入ってすぐ金髪にして、ピアスホールも開けて、できるだけ派手なカッコしてんの。うけるだろ」

高野くんが冴木くんを見ながらにやにや笑う。

「まあ、おれの影響もちょっとはあんのかもしれないけど。おれは根っからの派手好きだから」

彼は明るい茶色に染まった髪の先を指でもてあそびながら言った。

「てわけでさ、陽向は見た目ほど悪いやつじゃないんだ。中身は本当に素直で優しいやつなんだ。だからまあ、機会があったら仲良くしてやってよ」

うん、とわたしは小さく応える。

「……ま、怪我が治って意識がはっきりしてからだけどな」

今度は心配そうなまなざしを冴木くんに向けている。

その横顔を見ながらわたしは、心臓が痛いくらいにぎゅうっと縮むのを感じていた。

彼の意識が戻ったと聞いて、心のどこかでがっかりしてしまっていたさっきまでの自分が、今、死ぬほど、いや、殺したいほど、情けなくて恥ずかしい。

「あら、大河《たいが》くん、今日も来てくれたの」

ふいに病室のドアが開き、女の人の声が聞こえてきた。

振り返るとそこには、四十代くらいの女性が立っていた。タオルや着替えらしきものが入った重そうなバッグを肩にかけている。

たぶん冴木くんのお母さんだろう。顔立ちがよく似ているのですぐにわかった。

とても優しげな美人だけれど、疲れきったようなやつれた顔をしていて、折れそうなくらい細くて華奢《きゃしゃ》だった。

「嬉《うれ》しいけど、毎日毎日来てくれなくてもいいのよ。大河くんもお友達と予定とかあるでしょう」

「いや、全然。ひまつぶしに来てるだけだし」

気を遣わせないようになのか、高野くんは笑って答えた。

「大河くんたら、またそんなこと言って。でも本当に、無理しないでね」

そう言って微笑《ほほえ》んだ彼女が、ふっとわたしに目を向け、小さく首を傾げた。

わたしは慌てて腰を上げ、頭を下げる。

「あ、すみません、お邪魔してます。初めまして、冴木……陽向くんのクラスメイトの宗谷凛月といいます」

「あら、そうだったの。初めまして、陽向の母です」

冴木くんのお母さんは丁寧に頭を下げてくれた。

「あの、これ、クラスのみんなでお見舞いのメッセージを書いたので、代表して持ってきました」

「あら！　本当に？　ありがとう」

「いえ……」

わたしは色紙を差し出し冴木くんのお母さんに手渡しながら、吐きそうなほど恥ずかしくなっていた。

まるでクラスメイト思いの優等生みたいなことを言っているけれど、実際には、冴木くんの秘密を暴きたくて暴きたくて、なんとかヒントを得られないかと考えて意気込んでここまでやってきたのだ。

ほんの十分前まで、物語の主人公さながらのわくわくした気持ちでいたのに、今はそんな自分が恥ずかしくて恥ずかしくてたまらなかった。

「まあ……こんなにたくさん……ありがとう。ほら陽向、見てこれ、クラスのみんなが書いてくれたんですって」

冴木くんのお母さんは、眠る彼のほうに色紙を向けて、優しい笑顔で語りかける。

でも、もちろん冴木くんの反応はない。ただ胸のあたりの掛け布団が、呼吸に合わせてかすかに上下するだけ。

冴木くんのお母さんがすっと手を伸ばし、包帯の巻かれた彼の頭をそっと撫《な》で、

「痛いの痛いの飛んでいけ……」と、ひとりごとのように小さな声で囁くのが、わたしの耳にも聞こえた。

「痛かったよねえ、すごく痛いよねえ、陽向。ごめんねえ……」

わたしはうつむき、ぐっと唇を噛む。

「もう、本当にねえ、なんでこんなことになっちゃったのかしら……」

冴木くんのお母さんは涙声で言いながら力なく笑った。

「わたしが仕事仕事で家を空けてばっかりだったからいけないのかしら。あの夜も、わたしがちゃんと家にいたら、夜中に出かけさせたりしなかったのに。家にひとりで寂しい思いをさせてたのかな……。ねえ陽向、お母さんのせいだよね」

突然、隣で高野くんが、「違うよ」と強く言った。冴木くんのお母さんが、はっと振り向く。

「おばさんは、陽向と葵《あおい》ちゃんのために、おじさんが死んでからずうっと休む間もなく仕事がんばってるんだろ。そんなん、陽向だってわかってるよ。母ちゃんには頭上がらないっていつも言ってるよ。だから、おばさんのせいだなんて、そんなふうに考えなくていいよ」

「大河くん……ありがとう」

冴木くんのお母さんが泣き顔で微笑むと、高野くんは少し照れくさそうに視線をそらした。

「……陽向のこと、葵ちゃんには、まだ？」

そっぽを向いたまま、彼は訊ねるように言う。冴木くんのお母さんが頷いた。

「葵、ただでさえ手術のことでずっと塞《ふさ》ぎ込んでるから、陽向が大怪我したなんて言えなくて……」

「手術──ですか」

わたしは上の空で繰り返した。なぜだか心臓がばくばくと暴れている。

「ええ……陽向の妹の葵が病気でね、ずっと治療をがんばってたんだけど、少しずつ悪くなって、とうとう余命を宣告されて……」

冴木くんのお母さんは両手で顔を覆った。その手が震えているのに気づいて、わたしは言葉にできない気持ちになった。

高野くんは悔しそうに顔を歪《ゆが》めて聞いている。

「まだ十歳なのに。弱音も吐かずにつらい治療をずっとがんばってきたのに……神様なんていないって思ったわ」

でも、と冴木くんのお母さんが続ける。

「陽向がね、どうしても諦めたくない、葵を死なせてたまるかって、インターネットとか新聞とか図書館の本とか、医学雑誌まで読んで、葵の病気について必死で調べて、海外で考案されたばかりの新しい手術法があるっていうのを見つけてくれたの。日本での第一人者だっていう先生のところに話を聞きにいってくれて、葵のことも診てもらって……」

わたしはもうなにも言えなかった。ぎゅっと口を閉じ、黙って耳を傾ける。

「そうしたらね、葵のケースなら手術をすれば治る見込みがあるって。陽向は泣いて喜んでた。でも、難しい手術になるから成功率は高いとは言えない、そのまま亡くなってしまう可能性もあるって聞いたら、葵が怖がって……当然よね。『そんな手術は怖い、受けたくない、でも死ぬのも嫌だ、怖い』って泣いて泣いて、それからずっと塞ぎ込んでて……」

「………」

いつも空想していた。憧れすら抱いていた。

病弱な薄幸の美少女、儚《はかな》くも美しい命、その最後の一瞬のきらめき。涙せずにはいられない感動の物語。もしもわたしが不治の病だったら、わたしの日常だって、きっと、もっと。

でも、現実には、美しさも感動もない。

感動なんて、赤の他人が勝手にするものだ。

現実にあるのは、痛み、苦しみ、悲しみ、不安、恐怖、未練。

わたしの目は、自然と冴木くんのほうに吸い寄せられた。白い包帯。青ざめた頬。赤く腫《は》れた患部。痛々しい姿。

人の命は、感動の物語のための道具なんかでは絶対にない。

ましてや誰かの退屈しのぎのための材料なんかじゃない。

頭ではわかっていたはずなのに、わたしは、なんて、愚かなんだろう。

「陽向はずっと、なんとか葵に手術を受けてもらおうと説得してた。それにその手術はまだ新しくて保険適用外だからかなり高額になるって知って、『母さんは無理しなくていい、それより葵のそばにいてあげて』って言ってね、陽向ったらいつの間にかバイトを始めて、治療費を稼ぐためって平日も休日もがむしゃらに働いて……。しかも、学校やバイトの合間をぬって毎日必ず葵のお見舞いにも行って……そんな生活をしてたから、疲れて道で転んだりしちゃったのかな。わたしが不甲斐《ふがい》ないばっかりに……母親なのに、子どもたちに心配かけて苦労かけて……」

聞きながら、わたしは学校での冴木くんの姿を思い出していた。

授業中はいつも居眠りをしていて、休み時間も机につっぷして寝ていて、放課後になると逃げるように教室を出て、さっさと帰っていく。見た目の派手さも相まって、ひどく近寄りがたく、誰も彼に話しかけられなかった。

だからわたしは、冴木くんは他人と関わりたくない一匹狼なのだと思っていた。

でも、違ったのだ。バイトで忙しくていつも疲れていて、きっと授業や人付き合いどころではなかったのだ。それでも学校にがんばって通って、終わったらバイトに走っていたのか。

わたしは、わたしたちは、彼のことを誤解していた。彼は怖い人なんかじゃなくて、誰よりも家族思いの優しい人なのだ。

そのときわたしはふと思い出して口を開いた。

「あの、彼が倒れてたとき、右手に握りしめてたものがなかったですか？」

冴木くんのお母さんが目を丸くしている。

それでわたしは、実は彼が倒れているところを見たのだと白状した。

「えっ、そうだったの？　じゃあ、救急車を呼んでくれたのも、宗谷さん？」

介抱もせずにその場を離れてしまったことが今さらながらに申し訳なくなり、顔が熱くなるのを感じながらわたしは頷いた。

「すみません……」

「どうして謝るの」

冴木くんのお母さんがさらに目を見開く。

「むしろ、こちらがお礼を言わなきゃいけないわ。陽向を助けてくれてありがとう。おかげで早く処置できて、手遅れにならなかったのよ。本当にありがとう」

わたしはふるふると首を振った。あのときの自分の残酷で醜い心の動きを思うと、お礼を言われるなんてあまりにもいたたまれない。

「いえ……。それであの、そのとき、冴木くんがなにかを握りしめてるのを見てて、なんだったんだろうって……」

「ああ、それね、おみくじだったのよ。くしゃくしゃになっちゃってたけど。神社にお参りに行ったあとだったみたいね」

冴木くんのお母さんが、ベッドサイドのチェストの引き出しを開け、それを出して見せてくれた。

それはたしかに、おみくじだった。

倒れた彼の周りに落ちていたのと同じものだ。

わたしはごくりと唾を飲み込み、自分の制服のポケットの中に手を突っ込む。

「実は、冴木くん、あのとき、他にもたくさんおみくじを持ってたみたいで。あの、落とし物かなと思って、とっさに集めて持って帰っちゃったんですけど……、すみません……」

わたしはぼそぼそと弁明しつつ、彼の周囲に散らばっていたおみくじと、そして小銭を取り出して、サイドテーブルの上に並べた。

「こんなにたくさん……なんだこれ」

　高野くんが怪訝そうに首を傾げる。

「正月でもないのにおみくじ？　陽向ってそういうタイプか？　どっちかというと、占いとか迷信とか信じないタイプなのに」

　冴木くんのお母さんはしばらく考え込むように口もとに手を当てていて、急に「もしかして」と口を開いた。

「陽向がね、怪我をするちょっと前に千円札を何枚か出してきて、できるだけ百円玉に両替してってわたしに頼んできたの。いいけどなんでって訊いたら、百円玉を集めてるんだって……。家には十枚もなかったから、銀行に行ったら両替してもらえるわよって教えたら、じゃあそうするって……」

　葵ちゃんは、とふいに高野くんが言った。

「葵ちゃんはけっこう、占いとか信じるタイプだよな。毎朝テレビで星座のやつ見て一喜一憂してるって陽向が言ってたし、あと、占いの番組が好きでよく見てるって」

「ええ、そうね、葵は星占いが好きで……初詣のおみくじも、いつも自分の貯金を持っていって、大吉が出るまで何回も引いたり……」

「……もしかして陽向も、大吉が出るまでおみくじを引いたのか？」

三人の視線が、テーブル上のおみくじに集まる。

そのほとんどが吉や中吉、小吉だった。でももちろん大吉も数枚ある。

そして、大吉のおみくじだけ、鉛筆で『病気《やまい》』の欄にチェックが入っていた。

『長引けど治る』『治るが病後に気をつけよ』『信神し療養せよ』『医師を選べ』『軽からず　信神せよ』『気を強くもて　治る』

大吉だけあって、どれもいいことが書いてはあるけれど、よく見たら条件つきという内容だった。

長引くとか、軽くないといった言葉は、病気と闘っている本人にとっては、いくら『治る』と言われてもうやっぱり苦しいだろう。少しでも軽く、早く治ってほしいに決まっているのだから。

それに、『信神』だとか『気を強くもて』だとか、心も身体も弱っているときには生半可な言葉ではない。もしわたしが病気の治療中で苦しんで気も滅入っているときに、神を信じろとか強くなれとか言われたら、そんなの無理だよ軽々しく言うな、と腹が立つだろう。

もしかして冴木くんは、こういう制約なしに、無条件に『治る』と断言してくれているおみくじを、探していたんじゃないか？

ふと思いついて、彼が握りしめていたという、チェストの上に置いてあるおみくじを見てみる。皺《しわ》だらけで、少し血もついているけれど、なんとか読める。

そこには赤ペンで丁寧にラインが引かれていた。

『運勢　大吉』

『願望　思いのまま叶う』

『争事《あらそい》　必ず勝つ』

そして。

『病気　全快する』

ああ、とわたしは吐息する。

最高の一枚だ。

それを見た瞬間、すべてが腑《ふ》に落ちた。

冴木くんはきっと、この最高のおみくじを引き当てるために、大量の百円玉を準備して神社に行き、深夜までおみくじを引き続けていたのだ。

大きな手術に怯《おび》えている、占いが好きな、病気の妹のために。

中途半端な大吉では励ましにならないから、妹の不安も恐怖も打ち消せるような、絶対に元気になると断言してくれる、最高の、最強の大吉を求めて。

古びた真っ暗な神社の片隅で、ひとり延々とおみくじを引き続ける少年の、細い、でも力強い後ろ姿が、ふっと目に浮かんだ。

「陽向……そうだったのね」

冴木くんのお母さんが、目も声も潤ませて彼を見つめる。

「すげえな、こんなのよく見つけたなー……」

高野くんが微笑んで呟き、おみくじを裏返す。

そこには、冴木くんが書いたらしい鉛筆のメッセージが残されていた。


葵、がんばれ！

ぜったいぜったい大丈夫！

お母さんと兄ちゃんがついてる！


それは、わたしが今まで見た中で一番、優しくて力強い文字だった。

*

『もしもし。陽向、大河くん、聞こえる？』

冴木くんのベッドに腰かけた高野くんが持つスマホに、別の病院にいる冴木くんのお母さんが映っている。

「はーい、聞こえまーす」

高野くんは明るい声で答えた。

メッセージアプリのテレビ電話の機能を使っているのだ。ついさっき冴木くんのお母さんと高野くんがIDを教え合い、そのままお母さんは葵ちゃんの病院へ向かった。約三十分後、着きましたというメッセージを受けて、先に打ち合わせていた通り、冴木くんの病室と葵ちゃんの病室をテレビ通話でつないだのだ。

わたしは完全な部外者なので、高野くんのスマホのカメラに映らないように、部屋の隅に椅子ごと移動して座り直した。

「宗谷さんも来ればいいじゃん」

気づいて高野くんが声をかけてくる。わたしは首を横に振った。

「いや、葵ちゃんからしたら見ず知らずの高校生なんて嫌でしょ。いいよ、ここから見てるから」

「そう？　まあ、無理にとは言わないけど気が向いたらいつでもどーぞ」

「どうも。ありがとう」

スマホには、お母さんが葵ちゃんを抱きしめる姿が映し出される。

葵ちゃんは、十歳ということだったけれど、小学校低学年にしか見えないくらい小柄で華奢だった。

冴木くんもお母さんも細身なので、遺伝もあるとは思うけれど、それにしても細い。顔色も悪く、頬はこけ、目の下に濃いくまが浮いている。

その姿から、彼女の病気の治療がどれほどつらいものなのか容易に想像できて、わたしもつらくなった。

あんな小さな身体で大きな手術を受けるなんて、本人はもちろん、家族にとってもとても不安で怖いはずだ。それでも冴木くんは、大事な妹を絶対に失いたくなくて、きっと歯を食いしばって耐えていたのだろう。

スマホの向こうで、冴木くんのお母さんが、葵ちゃんをぎゅっと抱きしめながら、『実はね、お兄ちゃんが怪我をして入院してるの』と告げる。葵ちゃんが驚いたような顔でこちらを見た。

『えっ、お兄ちゃんが……？　大丈夫なの？』

高野くんが頷き、スマホの画面を冴木くんのほうに向ける。

「おーい陽向、葵ちゃんとつながってるぞー」

もちろん反応はない。

「おーい、陽向？　あー、寝ちゃったみたいだな」

高野くんが明るく笑った。

葵ちゃんに余計な心配をかけないように、詳しい容態は伝えないことにしよう、と打ち合わせていた。

『じゃあ、お母さんから渡すね』

冴木くんのお母さんがそう言い、バッグの中に手を入れる。

葵ちゃんはどこか不安そうにその様子を見つめていた。

『葵、これ見て。お兄ちゃんから葵にプレゼントだって』

冴木くんのお母さんが、葵ちゃんに白いものを渡す。

あのおみくじだ。

『え、なにこれ……あ、大吉だ』

葵ちゃんが目を見開いておみくじを見つめる。

高野くんはスマホの角度を微調整して、その様子がしっかりと冴木くんに――まだ閉じたままの彼の目に、映るようにする。

見えなくたっていいのだ。聞こえなくたっていいのだ。きっと感じているから。

葵ちゃんは目を潤ませておみくじを見ていたけれど、裏返した瞬間、わあっと泣き出した。お母さんが葵ちゃんを強く強く抱きしめる。

お母さんの腕の中で、葵ちゃんはおみくじを胸に抱き、

『お兄ちゃん……ありがとう』

ぼろぼろと涙を流しながら言った。

『わたし、手術、受ける』

震える声で、でもはっきりと、決然と告げる。

『がんばるよ。そしてすぐ元気になって、今度はわたしが、お兄ちゃんのお見舞いにいくからね。待っててね』

葵ちゃんも、お母さんも、高野くんも、泣きながら笑っていた。

その輪の中心に、冴木くんがいる。

こんこんと眠り続ける横顔。

無愛想で怖い人だと思っていたけれど、今はとても優しい顔に見える。

我ながら、現金だ。

人は、見たいように人を見る。見たいようにしか見ない。

こういう人だと思い込んで見ると、そういう人にしか見えない。

大事な妹を励まし、命を救うために、自分を顧みず、身を削って懸命に走り回ってきた冴木くん。

一方で、なんにも努力なんかしていないくせに、現状に対していつも不平不満ばかり抱いていたわたし。

なんて情けない。恥ずかしい。

冴木くんはきっと、毎日が退屈だなんて、思うひまもなかっただろう。それは彼が、大切なもののために、必死で生きているからだ。

わたしもこれから、自分の人生を、自分の手で、退屈ではないものにしなきゃ。

そう思わせてくれた冴木くんに、お礼を言いたい。

「――だから、早く、目を覚まして。みんな待ってるよ……」

世界の片隅でもらしたわたしの呟きに重なるように、

『お兄ちゃん』

『陽向』

「陽向」

世界の中心で、愛に溢れた声が響く。

どうか彼らの祈りが届きますように。

一日でも、一秒でも早く、彼らに平穏な日々が訪れますように。

そう願った、そのとき。

彼の瞼がぴくりと動き、ゆっくりと開いた――。

＊

喜びに染まる病室をひっそりとあとにしたわたしは、病院の廊下を歩きながら、鮮やかな夕焼け色に染まる空を見つめた。

わたし自身には、今日も、なんにも起こっていない。なんにも変化はない。

いつもと同じように学校に行き、ちょっとだけ寄り道をして、わたしは今からいつものように帰宅する。

その途中で、まるで感動的な映画のクライマックスのような光景を目の当たりにはしたけれど、それはわたしの人生にはなんの関わりもない出来事で、わたしは完全に蚊帳の外にいて、主人公どころか、脇役ですらなかった。

以前のわたしなら、苦々しい気持ちであの光景を見つめていただろう。

でも、今はそれを――傍観者でいるしかないことを、なんとも思わない。むしろ、傍観者でいられることは幸運とすら言えるのだと、やっと心の底から理解できた気がした。

これまでと同じ一日が、きっと明日からも続いていく。

平穏で、平凡な日々。

わたしの現実は、やっぱり、なにも変わっていない。
――でも、どうしてだろう。
少しだけ息がしやすくなった気がした。

この物語はフィクションです。実在の人物、団体等とは一切関係がありません。

汐見夏衛/春田陽菜/夏代 灯/夜瀬ちる　先生へのファンレターのあて先
〒104-0031　東京都中央区京橋1-3-1　八重洲口大栄ビル7F
スターツ出版（株）書籍編集部 気付
お送りしたい先生のお名前

青に沈む君にこの光を

2023年11月28日　初版第1刷発行

著　者　汐見夏衛　©Natsue Shiomi 2023　春田陽菜　©Hina Haruta 2023
夏代 灯　©Akashi Natsushiro 2023　夜瀬ちる　©Ciru Yoruse 2023

発 行 人　菊地修一
デザイン　フォーマット　西村弘美
カバー　長﨑綾（next door design）
発 行 所　スターツ出版株式会社
〒104-0031
東京都中央区京橋1-3-1　八重洲口大栄ビル7F
出版マーケティンググループ　TEL 03-6202-0386
（ご注文等に関するお問い合わせ）
URL　https://starts-pub.jp/
印 刷 所　大日本印刷株式会社

Printed in Japan

ISBN　978-4-8137-1506-1　C0193